오리지널 스크롤

오리지널 스크롤

재야 케루악 번역가 이야기

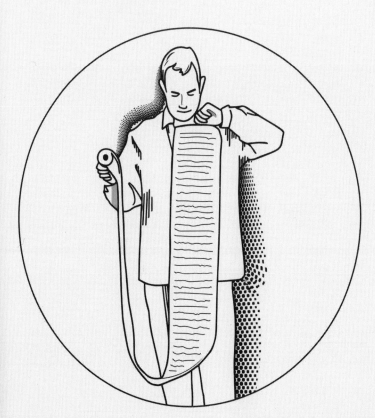

김목인

차례

편집자의 메일

* 이 이야기의 주인공인 재야 케루악 번역가와 일한 적이 있는 편집자가 K 교수에게 보낸 메일

교수님, 그날은 잘 들어가셨는지요?

모처럼 책에 관한 이야기도 실컷 나누고 즐거운 저녁이었습니다.

집에 와 생각난 김에 말씀드렸던 원고(케루악 관련)를 한 번 찾아보았는데, 다행히 이전 메일함에 일부가 있었습니다. 오늘 첨부한 건 일부이지만, 수차례에 걸쳐 저에게 보내왔던 거라 메일함 어딘가에 또 있을 겁니다. 찾는 대로 더 보내드리도록 하겠습니다.

저도 오늘 몇 년 만에 몇 장 읽어보니 새로운 느낌이더군요. 하지만 당시의 저희 시리즈를 생각하면 역시 조금 개인적이고 거친 감이 있었던 것 같습니다. 저자도 저도 원고를 살리기에는 조금 서툴렀던 것 같고요.

짐작하시겠지만 외부에는 꼭 비밀로 해주시고요(저자와 연락이 닿았다면 허락을 구했을 겁니다). 꼭 전부를 읽어보시라는 말씀은 아닙니다. 혹시라도 기획 중이신 일들에 도움이 될까 싶어 보내봅니다.

그럼 환절기에 건강 잘 챙기시고, 조만간 또 뵙겠습니다!

첨부 : 잭 케루악과 나 1-1.zip

원고묶음 1

잭 케루악과 나

*

그런데, 점잖은 사람이 진심으로 만족하면서 얘기할 수 있
는 게 과연 무엇일까?

답 : 자신에 관해서.

자, 그럼 나도 내 자신에 관해 이야기하기로 하겠다.[*]

잭 케루악 풍의 서문

[*] 『지하로부터의 수기』(열린책들) 14p.에서 인용했습니다.

내가 왜 잭 케루악 이 사람, 캐나다계 미국인에, 어린 시절에는 프랑스어를 썼고, 미식축구 장학생으로 컬럼비아대학에 입학해 셰익스피어처럼 위대한 작가가 되겠다고 문학과 사랑에 빠져버린 1950년대의 인물과 얽혔는지 생각해보면, 2002년 아니 2003년의 어느 여름, 2층 현관 옆 다용도실의 잡동사니 위에 얹혀 있던 『길 위에서』―기다리고 기다리다 지친 그 외서는 배송 추적을 했을 때 이미 우리 집에 와 있는 것으로 나와 있었고, 다용도실을 열어보니 정말 우체부가 제때에 자신의 일을 했다는 것을 확인할 수 있었다―그 책의 첫 페이지를 읽고, 거실을 서성이며 자연히 더 많은 페이지를 읽게 되었고, 그 속의 인물들이 내 주변의 인물들과 꼭 닮았다고 상상하기 시작해, 번역과는 거리가 먼 그 친구들에게 한 페이지 한 페이지 옮겨 보여주면, 그들도 자기 자신들이 얼마나 특별한(신성처럼 폭발하는) 인물인지 깨닫고, 1950년대 저 먼 미국에서도 비슷한 이들이 살고 있었다는 걸 알고 기뻐하지 않을까 하는 순수한 기대에 방바닥에 앉아 골목의―신비한―햇빛이 드는 블라인드 밑 좌식책상에 놓은 컴퓨터로 한 자 한 자 옮겨보기 시작했던 그 어느 날이 시작이지 않았나 싶다.

아니, 좀 더 거슬러 올라가면, 어느 테이프의 속지 해설 한 귀퉁이, 미국과 멕시코를 하이킹으로 오갔던 '아름다운 젊은이들'이 있었다는 글만 보고(아직 하이킹이 뭔지, 바이킹이 뭔지도 모르고, 그저 바이크, 자전거를 타고 오갔다고 착각하고), 왠지 모르게 그들에 대해 좀 더 알고 싶어져, 잭 케루악이니 앨런 긴즈버그니 윌리엄 버로스니 소로스니 어쩌구 하는 그 모든 비트 세대 전설의 한 자락을 슬쩍 알게 되었던 어느 날이 아니었나 싶다.

얼마 후 내 언어는 그 책의 어휘들로 오염되기 시작했고, 그 책에 인생의 모든 국면이 있다고 착각하게 되었으며, 한 챕터 한 챕터 옮겨서 올린 인터넷 카페의 글을, 역시나 이 자발적 작업에 감화된 친구—그러나 친구가 뭔가 하고 있다는 점에 신이 났을 뿐 실제 원고를 읽어보지는 않았으리라 여겨지는 친구—하나가 공익근무 중인 동사무소의 프린터로 몰래 출력해주어(더구나 동사무소에서 얻은 마닐라 봉투에 잘 담아주어), 이미 흥미를 잃은 지 오래였던 대학의 한 강의실 책상 밑에 놓고 몰래 읽고 있다가 두툼하게 모였을 즈음 출간을 위한 원고도 아닌 원고를 교정하겠다고 집 앞 복사점에 책 한 권으로 묶어달라 맡겼던 것이다. 얼마 후 그 원고는 청록색의 표지, 제임스 조이스가 전시(戰時)의 인쇄업자들을 독촉하면서까지 『율리시즈』의 표지로 고집했을 법한 신비한 색깔의 청록색 복사본으로 내 손에 쥐어지게 되었으니…….

이것이 모든 집착의 시작이었다. 그러나 글을 계속 이런 식으로 쓸 수는 없고, 좀 더 간결히 써보도록 노력해보겠다. 그 이유는, 역시 잭 케루악을 들여다보다가 알게 된 미국 서부 해안의 시인(비트 세대와 친했지만 같이 분류되기는 거부했던) 케네스 렉스록스가 했다는 말로 대신 하겠다.

'곤충 학자는 곤충이 아니다'

케루악의 간략한 소개

나는 이 글에서 케루악의 인생보다는 그의 문체에 집중할 생각이다. 문체야말로 케루악이 평생 천착한 전부이기 때문이다. 그러나 국내에 이제 겨우 한 권(『길 위에서』)이 번역된 사정을 고려해 작가에 대해 짧게 소개하고 넘어가도록 하자. 문제는 케루악에 대해 간단히 소개한다는 게 가능하기는 한 일일까? 특히나 내게. 물론 이런 식으로 쓸 수는 있을 것이다.

　'잭 케루악(1922~1969) : 미국의 소설가.'

　놀랍도록 허전하지만 가장 안전한 소개. 그러나 보통은 이
것까지는 덧붙인다. '비트 세대의 대표 작가.'

　이 이상 넘어가면 어쩔 수 없이 나도 검색을 해보며 이것저
것 쓰게 되는데, 그렇게 얻은 지식으로 '전후 물질사회에 환
멸을 느낀 젊은이들이 어떻다느니…….' 그런 말을 쓰고 있
는 것은 참 멍청한 일이다. 살아보지도 않은 시대를 잘 아는
듯이 쓰는 것.

　게다가 그런 소개 문구는 언제나 부정확하거나 불균형한
이미지를 재생산할 뿐이다. 부정확한 것을 보고 모두가 또
다시 부정확한 것을 쓰는 것이다.

　그러나 이 글을 구상한 몇 달 간 나도 글이란 게 어쩔 수 없
이 모험이며 조금은 위험 부담을 안을 수밖에 없다는 것도
알게 되었다.

　게다가 나처럼 거리 조절에 서툰 사람은 정작 본인의 글을
쓸 때는 한없는 미궁에 빠지곤 한다. 전혀 못 쓰거나 너무 길

게 쓰거나. 그러므로 나 같은 소개자에게는 분량이 중요하다. 안 그러면 가령, 케루악이 어릴 때 기억력이 좋아 별명이 '메모리 베이브'였다든지, 매사추세츠주 로웰을 남북으로 가로지르는 메리맥 강이 그의 『닥터 색스』에 어떻게 묘사되는지 그런 이야기를 떠벌리기 시작할 것이다. 물론 전기를 쓸 만큼 정확한 지식도 없다. 그저 그런 게 잔뜩 나오는 책들을 몇 권 갖고 있을 뿐이다.

나는 이 소개를 망설이는 듯한 군더더기 글들이 내가 케루악을 아주 잘, 적절하고, 최대한 와 닿게 소개하고 싶어서 생겨난 것들이라는 것을 안다. 또 내가 케루악의 인생이 언제나 그의 문체의 위대함을 가린다고 생각하기 때문이라는 것도 안다. 그의 인생은 종종 그가 이룩한 경지를 그저 광기, 에너지 덩어리, 50년대의 산물, 글이 아닌 타이핑(이건 작가 '트루먼 커포티'의 비아냥이다), 마초적인 남성 서사 등등으로 변질시켜버린다. 자 이제 그만, 짧게나마 그의 인생 일부를 소개해보도록 하자.

케루악은 1922년 미국 메사추세츠 주 로웰에서 2남 3녀의 막내로 태어났다. 메리맥 강변으로 방직공업이 발달했던 로웰에는 그리스, 아일랜드계 등 다양한 이주자들이 모여 살았고, 케루악의 부모 역시 캐나다에서 온 프랑스계 캐나다인이었다.

아버지 레오 케루악이 한 여러 일 중 하나는 인쇄소였고, 동네의 생활정보지 같은 걸 발행했을 때에는 '공연 평'을 조금 쓰기도 했다. 그래서 케루악은 어린 시절 아버지가 글을 잘 써보려 고심했던 모습과 아들이 쓴 이야기를 소책자로 인쇄해주었던 기억이 있다. 어머니는 메메르(Mémère : 퀘벡에서 쓰는 프랑스어로 할머니란 뜻)라는 애칭으로 케루악의 작품에 자주 등장하는데, 언제나 알 수 없는 일들로 미 대륙을 떠돌다 오는 아들을 고향에서 기다리는 캐릭터이다. 많은 부업을 했던 데다 독실한 가톨릭 신자로서 케루악의 종교관에 지대한 영향을 미쳤다. 일례로 케루악은 어린 시절 병으로 죽은 형이 하늘에 올라가 하느님 옆에 앉아 있고, 천사들이 나팔을 부는 장면을 진짜로 믿었던 것 같다. 말년에 유화를 배워 그림을 꽤 남겼는데 거기에도 그런 그림을 그렸다. 지상에 떨어진 존재를 가련하게 하늘에서 내려다보는 이미지는 그의 작품 여러 곳에 등장한다. 이 형의 이야기는 『제러드의 비전들』에 기록되어 있다.

다시 돌아와, 유년기의 케루악은 부모가 일하러 간 사이 조숙한 친구들을 따라 주변의 자연을 헤집고 다녔고, 공부와 스포츠에 재능을 보였다. LP 플레이어를 개조해 자신의 달리기 속도를 재는 스톱워치를 만들기도 했고, 카드로 가상의 야구단을 만들어 경기를 벌이기도 했다(이걸 꽤 나중에까지 했다). 앞서 그가 프랑스어(정확히는 캐나다 퀘벡에서 쓰는 프랑스어)를 썼다고 했는데, 영어를 읽고 쓰는 걸 10대까지 잘 못했던 것은 그런 이유이다. 그에게 영어는 마치 음악처럼 의미보다는 소리로 먼저 다가왔다고 하는데, 그가 훗날 발음에 예민한 작가가 되는 데에는 이 점이 영향을 준다. 케루악은 미식축구 장학생으로 컬럼비아대학에 입학하게 되고(뉴욕이라는 세계에 첫발을 디뎠다는 의미), 막 2차 대전에 참전한 국내의 어수선한 상황에서 선수생활을 하다 코치와의 불화로 중퇴한다. 종종 케루악이 참전했었다는 잘못된 정보가 있는데, 그는 병역 부적합 판정을 받아 조기 제대했고 상선(商船)에서 일하다 대서양에서 유보트의 위협을 경험했을 뿐이다.

　앨런 긴즈버그나 윌리엄 버로스 등 비트 제너레이션의 대표 작가들과 알게 되는 것이 바로 이 무렵이다(물론 이 대학 시절만으로도 워낙 사건 사고가 많았어서, '킬 유어 달링'이라는 영화로 제작되기도 했다. 그 영화가 비트 세대를 국내에 알리는 데 도움을 주긴 했지만 거기에 묘사된 케루악의 캐릭터는…… 의문의 여지가 있다.)

잠시 이 두 친구와 비교를 하자면, 윌리엄 버로스는 부유한 집안에서 해박한 문화적 자산을 받고 자란 인물이었고, 앨런 긴즈버그도 비록 어머니의 정신병으로 고생했지만 지식인 가정에서 유약하게 자란 청년이었다. 케루악은 이 사이에서 뭐랄까, 약간 시골 사람 같은 데다 배를 탄 적도 있고, 운동선수 특유의 우락부락한 스타일이었다. 그가 다른 두 사람에 비해 긴 문장에 좀 무지막지한 소설들을 썼던 데는 그러한 이유도 있는 것 같다.

그러나 이 무리에 나타나 무리 전체의 관심을 돌리게 할 만한 인물이 있었는데, 바로 서부에서 온 닐 캐시디라는 사람이었다. 스스로도 작가 지망생이었지만 특유의 모습과 생활 방식으로 인해 오히려 작품(『길 위에서』와 『코디의 비전들』 등)의 주인공으로 남게 되는 이 인물은 케루악의 생애에 있어 빠질 수 없는 존재이다. 케루악에게 대륙의 양쪽과 멕시코를 오가는 생활을 부추김으로써 새로운 작품들을 낳을 영감을 불어넣었기 때문이다.

왜 번역을 시작했는가

무슨 생각으로 케루악을 직접 옮겨보기로 마음먹었었는지는 정확히 기억나지 않는다. 앞서 내가 국내에 미출간된 『길 위에서』를 친구들에게 소개하고 싶어서 번역했다고 했지만, 그건 어쩌면 핑계였다. 친구들은 몇 구절을 듣는 것으로 만족했지 번역까지 바라지는 않았다. 번역은 내가 '굳이' 시작한 것이었다. 어느 시점에 나는 그 문체에 매혹되기 시작했고, 옮길 수 있을 거라는 암시를 받기 시작했다.

이 이끌림은 당시의 내 불안정한 생활과 맞물려 '케루악 번역'이라는 루틴을 만들어냈다. 나는 가방에 『길 위에서』의 조그만 페이퍼백과 그 책이 펼쳐져 있도록 고정할 집게 2개를 갖고 다녔다. 그러다 곧 자꾸 잊어버리는 단어들을 적어둘 조그만 노트와 고교시절에도 안 갖고 다니던 두꺼운 영어사전까지 갖고 다니기 시작했다. 전용 노트북을 하나 얻고 나자 완전한 번역용 키트가 갖추어졌다. 별 일이 없을 때면 나는 키트를 꺼내어 마치 수도자가 경전을 옮기듯 케루악을 옮기기 시작했다. 내 생애 몇 안 되는 숭고한 일과의 시작이었다.

서울의 도심에서 나는 미국 중서부의 어느 도로나 멕시코 국경을 들여다보고 있었다. 친구를 만나러 수천 마일을 잠도 안 자고 달려온 광기 어린 운전자를 상상했고, 어느 소읍의 하교하는 고교생들 틈에서 아이스크림을 먹으며 걷는 주인공에 공감했다.

　　그러면서 나는 차츰 가방에 완벽한 키트를 챙겨 도심을 돌아다니는 '레이 스미스'가 된 듯한 만족감에 사로잡혔다. 나는 '샐 패러다이스'처럼 인생의 흥미로운 일을 따라 움직이는 무명의 존재가 되어갔다(두 이름 모두 케루악 작품 속 화자의 이름들이다).

　　어떻게 결국 그 한 권을 다 옮기게 되었는지는 지금 생각해도 이해가 되지 않는다. 고칠 부분이 수두룩했지만, 첫 초고를 마친 날 나는 적어도 하나로 이어 붙인 타이프 용지에 『길 위에서』의 초고를 탈고해 편집자에게 두루마리 형태로 들고 갔었다는 케루악을 완벽하게 이해하게 되었다. 아니, 이해했다고 착각하게 되었다. 그는 너무나 자랑스러웠던 나머지 "여기 그대의 소설이 있습니다!"라고 외치며 바닥에 두루마리를 던졌다고 한다. 그리고 편집자는 이렇게 말했다고 한다. "하지만 잭, 저렇게 생긴 원고를 어떻게 고치려고?"

나 역시 나의 편집자로서 나에게 말했다. "이걸 어떻게 고쳐나가지?" 그래서 출력한 원고를 들고 다니며 다시 읽기 시작했다. 절망스러웠다. 그 글은 『길 위에서』처럼 스윙 리듬을 뿜어내며 돌진하고 있지 않았다. 흥얼거리듯 걷고 있지도 않았다. 그렇게 그 번역본은 나를 중독시켰고, 조바심 내게 했고, 스스로를 훈련하게 했다. 결국 나는 자퇴를 마음먹은 어느 날 강의실에서도 책상 밑 무릎 위에 내 출력물을 들고 있는 지경에 이르렀다. 그건 내가 가장 열심히 하는 공부이자 유일한 교재였다.

그리하여 나는 스무 살의 케루악처럼 대학을 떠나게 된다. 물론 이 원고 때문은 아니었지만 그 원고가 어떤 든든한 계시를 보내온 건 사실이다. "네 앞에 길이 펼쳐지리니." 그러나 우선 곧 학생증을 잃게 될 테니, 도서관에서 필요한 자료들(비트 관련 자료들)부터 복사했다. 그리고 더 편하게 들고 다니며 언제든 교정을 보기 위해 집 앞 출력소에 제본을 맡겼다.

몇 달 뒤 나는 그 제본된 원고(결국 너무 두꺼워 네 부분으로 쪼갠)를 책상 앞에 두고 고민하게 된다. 목적 없는 즐거움에 머물던 내 마음은 이 원고를 출간하고 싶다는 마음으로 변해 있었다. 나는 그 원고를 어디에 보낼 것인가 고민했고, 그걸

20

내줄 것 같은 출판사의 연락처들을 잔뜩 모으기 시작했다. 원고를 출판사에 보내는 장면은 그 후 몇 달 간 내 머릿속에서 곧 실행으로 옮길 구체적인 장면으로 변했다가 이내 한없이 비현실적인 장면으로 변하곤 했다.

그 원고는 결국 발송되었다가 돌아와 지금 내 앞에 있다. 이것이 왜 되돌아왔는지는 차츰 얘기하기로 하자.

번역의 어려운 점

번역의 어려운 점? 사실, 대답하려니 우습다. 언제든 그만둘 수 있는 일을 어렵다고 하긴 그렇지 않은가. 그때나 지금이나 누구도 내게 케루악을 번역하라고 하지 않았다. 차라리 그저 의자에 기대어 앉아 읽으며, 그 경쾌하게 흐르는 문장들이 마음속에 흘러가도록 내버려두는 게 인생 편했을지 모른다. 그러다 딱 어울리는 한국어 문장이라도 떠오르면? 이렇게 말하고 말았어야 했다. '이건 거의 시잖아! 애초에 번역이 불가능한 거잖아!'

그러나 그 문장들은 나의 야심을 자극했다. 내 머릿속에 있는 한국어 어휘들을 작동시켜, 마치 그 경쾌한 문장들에 필적할 한국어 문장이 있다고, 어서 써보라고 부추기기 시작했다. 시를 옮길 수 없다고 말하는 자들이야말로 먹기 힘든 포도를 올려다보는 여우 같은 자들이라고 속삭였다. 마치 어느 금요일 오후 창을 통해 들려온 우주의 소리가 그에 필적할 영어 문장이 있다고 케루악을 부추긴 것처럼.

'어느 금요일 오후 우주에서……'

『올드 미드나잇 앤젤』 첫머리에서 작가는 그렇게 적기 시작했다.

그래서 나도 어느 시점에 그것을 적어보았던 것이다. 그리고 적는 순간, 이미 늦었다는 걸 알았다. 케루악의 춤추는 문장은 피겨 스케이터처럼 저만치 흘러가고 있었고, 내 마음속 한국어 문장은 마치 그의 손이라도 잡아보려다 미끄러진 초보 연습생처럼 주저앉아 있었다.

속 모르는 사람이 보기에 문장은 종이에 박힌 고정된 것이니, 한 단어, 한 단어 꼼꼼하고 정확히 옮겨야 하는 작업이 어려울 거라 생각할지 모른다. 그러나 어떤 번역은 그런 느낌이 아니다. 종이 위에 박혀 있지 않고 '흐르는' 문장이 있기 때문이다. 물처럼 흐르는 게 핵심인 이 문장들의 경우, 한 자한 자 옮기고 나서 흐르지 않으면 꽝이다. 그때부터 지저분하게 골라낸 단어들을 이리저리 대보며 접착제 자국과 먼지를 탈탈 털어 원문의 경쾌함에 필적하는 수준에 이를 때까지 조합해보는 수밖에 없다. 가히 덕지덕지 붙여 생명체를 만들어야 하는 일이랄까…….

때로는 거의 다 붙였을 즈음 완벽한 문단 전체의 이미지가 떠올라 처음부터 한 번에 다시 내리 써보았는데 아닌 경우도 있다.

게다가 그런저런 시도를 하고 있으면 어느새 초반의 동력이 되었던 정신적 경쾌함마저 사라져버린다. 케루악 같은 작가(한 권 분량을 단숨에 떠들어대는 작가)라면 역자의 체력도 문제가 된다. 이것은 한 문장, 한 문단을 옮기는 일이 아니기 때문이다.

만일 한 문장이라면, 외워서 암송하고 다니다 어느 날 횡단보도에서, 어느 날 전철에서 그 전체에 필적할 만한 완전한 한국어 문장을 암송해두었다 종이에 적는 게 가능할지 모르겠다. 그러나 산더미 같은 산문을, 책 한 권의 분량을 함께 흘러가듯 따라간다는 건 어려운 일이다. 게다가 경쾌한 정신과 체력까지 꾸준히 유지하는 것. 그것이 가능하긴 할까?

그러다가 케루악을 비롯해 각성제를 사용하기도 했던 1950년대 작가들의 이점을 생각해보기도 했다. 그들은 많이들 생각하듯 그저 객기에 약을 하고 재미로 뭔가 휘갈긴 것이 아니다. 그들은 창작과 체력의 관계를 알았던 것이다. 모든 게 준비되었는데 체력이 받쳐주어야 하는 상태. 거의 목표지점에 이른 상태에서 그대로 쉬어버리기가 싫은 상태.

사람들은 쉽게도 말한다. 술 마시고 쓴 글은 술 마시고 옮기고, 약을 하고 쓴 글은 약을 하고 옮기라고. 하지만 그거야말로 곤충학자에게 곤충이 되라는 얘기일 뿐이다.

나는 지금껏 케루악의 생생함을 포착할 무수한 방법을 시도해보았다. 그럼에도 아직 지치지 않은 것은 알 수 없는 힘이 나로 하여금 '번역은 애초에 불가능했다.'라고 말하는 것을 허락하지 않았기 때문이다. 오히려 지금도 들리는 목소리는 이것이다. '아직 충분히 모든 걸 해보지 않았다!'

문체 번역을 위한 다양한 시도들

처음에는 다들 하듯 그렇게 했다. 쓰고, 고치고, 출력한 다음, 빨간 펜으로 몇 군데를 표시하고 반영해 다시 뽑아보았다. 그러나 케루악은 그것으로 되지 않았다.

내용을 훤하게 숙지한 부분부터 음악을 틀어놓고 리듬을 타며 옮겨보았다. 케루악이 영향을 받은 50년대의 비밥 재즈에 맞추어. 그러나 찰리 파커를 들으며 집중하기란 힘들었다. 대신 미디엄 템포의 재즈곡을 틀어놓고 옮긴 다음, 종이로 뽑아 거실을 걸어 다니며(역시 음악을 틀어놓고) 수정했다. 그리고 반영해 출력해보았는데, 이것으로도 맘에 들지 않았다.

'케루악이 쉰 곳에서는 쉬고, 쉬지 않은 곳에서는 계속 이어간다'는 원칙을 세웠다. 한국어 문장이 어색해지더라도 괘념치 않고 원문이 이어지는 한 계속 이어갔다. 우리말이라고 짧아야 한다는 법이 있는가. 판소리처럼 이어가는 것이다. 그러나 결과적으로 너무 고풍스러웠다. '-이니', '-이었으니', '한편'…….

마침표는 적극 허용하기로 했다. 우리도 꼭 마침표를 의식하며 읽지는 않으니까. 케루악도 마침표쯤은 용서해주리라. 소리 내어 읽으며 호흡이 멈추는 곳에 연필로 표시를 하고, 한국어 문장에서는 어쩔 수 없이 그곳에 쉼표나 마침표를 찍었다. 원문에는 구두점이 없지만 구두점을 써버리는 것이다.

그것도 만족스럽지 않았다.

비교적 만족스럽게 나온 부분을 책상에 넣어두었다 시간이 흐른 다음 꺼내어 이번에는 원문을 보지 않고 다시 옮겨 타이핑해보았다. 타자의 리듬이 생기를 불어넣어주길 기대하며. 그러나 이것도 완전히 만족스럽지는 않았다.

그리고, 또 그리고······.

케루악의 문체

거기에 대체 무엇이 있다고 말할 수 있을까. 완벽에 가까운 아름다움? 헤밍웨이의 하드보일드 같은 명확한 개성? 샐린저 같은 깐깐하고 생생한 대사들? 글쎄, 그런 건 영문학을 더 공부하면 모를까, 정확히는 잘 모르겠다. 내가 케루악에게 있다고 확실히 느끼는 것이 있다면 어떤 '흐름'이다. 그 글에는 계속 무언가가 흐르고 있다. 시냇물 혹은 지하의 수맥 같은 무언가가······.

나는 작가에는 두 종류가 있다고 생각한다. 한쪽은 우리가 아는 많은 작가들처럼 새 작품을 구상해 한 편 한 편 내놓는 이들이다. 그들은 그때그때 무언가를 시도해 성공하거나 실패하며, 대표작과 범작, 평균 이하의 작품들을 갖고 있다. 반대로 다른 쪽의 작가들은 얼핏 다른 소설을 내는 것 같지만 사실은 계속 한 권을 쓰고 있는 작가들이다. 이들의 책은 어느 작품을 펴든 똑같다. 모든 작품이 어떤 긴 하나의 흐름을 쓴 것이기 때문이다. 말하자면 책을 안 낸 기간에도 이야기는 계속되고, 책에 담길 때에만 우리에게 공개되는 것이다. 그들의 책을 펼쳐든다는 건 강 쪽으로 난 창을 잠시 여는 것, 지하수가 들여다보이는 뚜껑을 여는 것이다.

그 흐름이란 뭘까. 인생의 심연? 무의식? 그저 우리가 골똘해지는 시간에 느끼는 인생의 도저한 흐름이라고만 해두자. 케루악의 화자는 막 어두워지는 벌판에 잠시 서 있거나, 침낭을 깔고 잠을 청할 때 잠시 그 흐름을 느낀다. 그러나 그 흐름은 몇 문장으로 짧게 포착될 뿐, 곧 경쾌한 문장들에 길을 내준다. 차 한 대가 서거나, 다음 역으로 이동하는 장면들에게. 마치 우리의 인생이 그렇듯.

케루악이 토머스 울프를 모범으로 삼은 첫 소설 『마을과 도시』를 냈을 때만 해도 그 흐름을 시적으로 포착하려 했을 거라 생각한다. 그러나 그는 여러 우여곡절을 거쳐 새로운 문체를 발견하게 되고, 쉼 없이 달리는 것으로 그 흐름을 드러내는 방법론을 찾아낸다. 그는 자신을 '움직이는 프루스트'라고 생각했다. 인생의 모든 것을 따라가되, 프루스트처럼 침대가 아닌 길 위에서 쓴 글. 그 경쾌하고 때로는 애잔한 속도. 삶의 속도.

그 속도는 새 글쓰기의 발견과 함께 가속도를 얻기 시작했다. 그는 점점 빠르게 써야 했고, 빠르게 쓸 수밖에 없었고, 빠르게 쓰는 것 외에는 무가치하게 느끼게 되었다. 나는 그의 삶과 글이 서로를 채찍질하며 결국 양쪽 모두가 너무 빨라졌다고 생각한다.

케루악의 어떤 작품들(비교적 유명한 작품들)은 담백하고 경쾌하게, 미드 템포의 재즈처럼 흘러간다. 춤을 출 수 있을 것처럼. 그러나 어떤 작품들은 광기가 느껴질 정도로 말이 많다. 그는 마치 달려들어 팔다리를 붙들었는데도 계속 달리고 있는 사람 같다. 『올드 미드나잇 앤젤』에 이르러 그는 창문으로 들려오는 우주의 소리, 그의 몇몇 작품에서 마치 화자만이 느끼는 환청처럼 묘사했던 소리를 받아 적기 시작했다.

작가가 이야기를 만들어내는 게 아니라, 이야기에 사로잡

힌 상태. 인생과 이야기의 경계가 사라져버린 상태. 인생을 살며 인생의 입, 대변인으로서 계속 떠들고 있는 상태. 그는 차츰 며칠씩 집에 머물며 앉아 있을 때만 바짝 타이핑하는 식으로 글을 썼다. 운동선수처럼 열 차례 앉는 동안 한 권 분량, 이런 식으로 측정하면서. 아니면 주머니의 수첩에서 끝낼 수 있는 형식들인 하이쿠처럼 짧은 메모들을 남겼다.

내가 가장 사랑하는 케루악의 인생 장면 중 하나는 그가 마침내 새로운 글쓰기를 발견하고 기뻐하는 동시에 절망하는 장면이다. 그는 자신이 드디어 찾아 헤맸던 문체를 얻게 되었다는 걸 알았고, 이제 그런 식으로 말고는 쓸 수 없다는 것을 알았다. 그러나 대중적인 작가로서는 성공을 기대하기 힘들다는 것도 깨달았다(나는 이 부분이 특히 좋은데, 그가 애초에 실험적인 것을 의도한 작가가 아니라 대중적이고 싶었던 소박한 작가였다는 점이다. 그는 할리우드에서 시나리오 일을 해보려다 좌절하기도 했다). 그는 '새로운 문체'와 함께 어머니를 모시고 생활비가 낮은 멕시코에 가서 살아야 하나 심각히 고민하였다.

삶의 어떤 것들은 선택이 가능한 것처럼 보인다. 그러나 이 경우처럼, 다시는 돌이킬 수 없는 것들도 있다. 보이지 않지만 뚜렷한 맥락에서 비롯된 결과. 받아들일 수밖에 없는 것.

나는 케루악이 마치 가나안 땅에 도착했지만 자신은 들어갈 수 없었던 모세처럼 느껴졌다. 완벽한 반 영웅. 진정한 영웅에게 따라붙는 시련.

그가 자신의 문체를 불렀던 이름 중 하나 'Spontaneous Writing'을 나는 '자연발생적인 글쓰기'라고 옮겨볼까 한다. 초파리가 알려준 자연발생설도 똑같은 단어를 쓰기 때문이다. 케루악이 그런 문장들을 썼던 건 그가 일찍이 삶의 뚜껑이 열려 있었을 때, 보이지 않는 알들을 낳아놓았기 때문이었을지 모른다. 적어도 그에게 새로운 문장들은 삶에서 축복처럼 윙윙거리며 날아오르는 것처럼 보였다. 그는 주변인들에게도 이렇게 써보라고, 누구나 가능하다고 독려했다. 샌프란시스코에 머물며 시 『울부짖음』을 어떻게 써야 할지 고민하고 있던 친구 앨런 긴즈버그에게도 이 새로운 발견을 알렸다. 나는 그의 그런 순진함이 좋았던 것인지도 모른다.

몇 년 뒤 케루악의 조언으로 덕을 본 앨런 긴즈버그는 한 문예지에 이 방법론을 요약해 실어보라며 케루악을 격려한다. 그렇게 해서 쓴 것이 「현대적 산문을 위한 신념과 방법들, 핵심 리스트」다. 30개의 금언들은 하나하나 멋진데다 마음을 들뜨게 하는 면이 있지만, 다소 고개를 갸웃거리게 하는 면도 있다. 그중 몇 개를 보자.

4. 인생과 사랑에 빠져라.
5. 당신이 느끼고 있는 그 무언가는 자기에게 꼭 맞는 형식을 찾을 것이다.
8. 원하는 것을 끝없이 써내려가라 마음의 저 밑바닥으로부터.

이게 대체 뭐란 말인가. 열심히, 힘내서 써보라는 것과 뭐가 다른가. 바로 이런 순박한 자기 홍보가 케루악의 문제 아니었을까? 그러나 앞서 말했지만, 나는 그의 이런 순진함이 좋았던 것인지도 모른다.

개성을 구별하는 어려움
한 작가의 개성을 앞뒤 작가들과 비교해보지 않고 알기란 쉽지 않다. 그럼에도 우리는 종종 작가에 따라붙는 설명이나 유파의 이름으로 그의 개성을 알았다는 착각에 빠지곤 한다.

화가 쇠라는 점묘법, 마티스는 야수파라고 외우는 식이다.

　문학으로 치면, 나는 버지니아 울프와 프루스트, 제임스 조이스 등의 이름을 들으면 '의식의 흐름'이란 문장이 떠오른다. 수많은 소개 글에서 그렇게 읽었기 때문이다. 이런 짧은 표현들은 너무도 가벼워 엉뚱한 곳에 가 들러붙기도 한다. 최근 나는 어느 예능프로에서 누가 두서없이 떠드는 이에게 '의식의 흐름'이라고 놀리는 걸 들었다. 그 놀리던 사람이 영문학을 농담에 동원한 걸까? 아니, 그는 그저 버지니아 울프 등과 상관없이 어딘가에서 이 표현을 들었고, 생각나는 대로 떠드는 출연자를 놀리기에 딱 어울리는 표현이라고 판단했으리라.

　설명이나 이름, 꼬리표란 그렇게 허전한 것이다. 의식의 흐름이라…… 의식 없이 글을 쓰는 작가가 있는가? 그 전의 작가들은 무의식 상태에서 썼나? 의식이 없었나? 또 의식이 흐르지 않는 작가가 있는가? 점을 찍어 그린 것이 그토록 위대하단 말인가? 야수처럼 거칠게 그려서 그렇게 위대하단 말인가? 모든 진실은 작품 안에만 있는 것이다. 미술관에 걸린 그림들의 행렬 속에서 직접 걸어가며 보아야 드러나는 것이다. 몇 권의 책들을 읽고 비교해봐야 겨우 드러나는 것이다.

그렇게 자신이 느낀 확연한 개성이 있다면, 비록 적당한 이름을 아직 못 붙였다고 해도 그게 바로 진실이고, 작가의 개성이다.

잭 케루악도 마찬가지이다. 케루악의 미묘한 문체를 읽어보지 않고 설명을 통해 파악하기란 쉽지 않다. 다들 '거침없이', '한달음에', '자유분방하게'라는 단어로 이 작가를 묘사하지만 그건 케루악과 무관한 수많은 작가들의 특징이기도 하다. 비트 세대의 묘사 역시 마찬가지이다. '당대의 물질적이고 보수적인 사회에 반기를 든'이라면 뭔가 근사해 보이지만, 새로운 세대 중에 안 그런 세대가 있는가?

우린 오로지 케루악의 소설 어느 구석을 읽다가, 이 커다란 목소리의 작가가 신나게 떠들면서도 문득 쓸쓸함을 내비치는 구석이 있는 걸 보아야만, 어느 고독한 숙소에서 그의 한 구절을 이해할 때에만 유독 이 사람에게 뭔가 특별한 게 있다는 것을 알 수 있다. 쉽게 이름 붙일 수 없지만 분명히 존재하는 것.

그 반대편에 쉽게 이름이 붙었지만 사실은 텅텅 빈 것들이 있다. 그리고 문제는 그 '반대편'이 세상을 더 가득 채우고 있다는 점이다.

진지한 영혼은 언제나 무명이요,

문화는 이름만 있는 유령들이니.

한 발짝 더 나아가 그 개성이란 작품을 읽어도 좀처럼 알기 어려운 것이다. 나는 케루악의 원문들을 읽고 감탄하면서도 이게 어디까지 케루악만의 것이고 어디까지가 훌륭한 작가 모두의 것인지를 알 수 없었다. 이게 케루악의 매력인가, 아니면 모든 미국 문학의 매력인가? 이런 건 오로지 케루악 이전(『길 위에서』가 발표된 1957년 이전)부터 여러 책을 섭렵하며 뭔가 새로운 문학에 대한 갈증을 느끼고 있던 당대의 사람들만이 정확히 알 수 있는 어떤 것이리라. '이건 뭔가 다르다! 전에 없던 것이다!'라는 인식.

그래서 나는 그 당대의 느낌이라도 조금 느껴보고자 이런저런 작가들을 건드리기 시작했다. 윌리엄 사로얀과 헤밍웨이, 피츠제럴드, 토머스 울프 같은 케루악 이전 세대의 작가들(케루악이 어린 시절 영향을 받았지만 넘어서야 한다고 생각했던 작가들), 비트 세대가 존경해마지 않던 허먼 멜빌(그러나 멜빌의 방대한 작품세계는 어느 구석에서 영향을 받은 건지 알고 들어가는 게 좋다.

가령 『필경사 바틀비』에 영향을 받았는데 『모비딕』을 끙끙대며 읽는 헛수고를 할 수도 있기 때문이다) 같은 작가들, 직접 교류가 있었던 윌리엄 카를로스 윌리엄스나 프랭크 오하라 같은 시인들, 트루먼 커포티 같은 작가들.

그런데 그 기라성 같은 미국 문학의 무엇이 케루악으로 하여금 굳이 여러 장의 타이프 용지를 이어 붙여 쉼 없이 쓸 만큼 답답함을 느끼게 했을까. 가장 쉽게 답을 찾는 방법의 하나는 케루악이라는 '미친 작가'가 요즘 말로 '관심 받으려고' 그렇게 글을 썼을 거라고 평가절하하는 것이다(모든 것이 사기일 거라고 생각하는 것이 루저들의 주특기니까). 이건 당대의 적대적 비평가들도 마찬가지였다. 그들은 케루악의 성공이 우연이라고 비아냥댔다. 베스트셀러 작가가 된 케루악은 쇼 프로에 나와 피아노 앞에 앉고 사회자가 집필에 얼마나 걸렸냐는 말에 '3주'라고 대답한다. 이어서 사회자가 이 책에 몇 년 간의 경험이 담긴 거냐고 묻는다. 그는 '7년'이라고 대답한다. 비로소 사회자가 요약한다. '저라면 3주 경험하고 7년을 썼을 텐데요. (모두가 깔깔깔)'

그런 게 세상이다. 성공도 어려운데 성공이 곧 '이해받는 것'도 아닌 것이다.

모든 작가는 사람이기에 긴 작가들의 연대기 속에, 예술의 역사에 놓인다. 그러나 실상은 지구에 던져진다. 아무도 그가 어디에 놓이는 인물인지 뭘 하러, 어떤 사명을 갖고 왔는지 알아보지 못한다. 모두가 방금 떨어진 작가고, 뭐든 이름이 붙으면 다들 그런가 보다 하는 것이다. 케루악에게 '비트 세대'나 '자연발생적인 문체'가 아니라 '의식의 흐름'을 붙인다고 누가 얼마나 문제를 삼겠는가? 그에게도 의식이 있고 흐름이 있으니까.

그러나 이렇게 말하는 나도 사실 자신이 없어진다. 나라고 케루악 앞뒤의 작가들과 동세대의 작가들을 얼마나 읽었겠는가. 위에 나열한 고유명사들? 읽었다기보다 모아두었을 뿐이다. 물론 사로얀의 『인간 희극』을 구입하고 몇 챕터 읽었기에(헌책방 주인이 책의 먼지를 툭툭 털며 제목이 '희곡'인 줄 알고 '연극하시나봐요?'라고 물었었다) 케루악과 사로얀의 관계에 대해서는 조금 안다. 그러나 내 결벽증은 그 정도를 가지고 뭔가 아는 체하는 걸 허용하지 않는다.

누군가 내게 '영문학에 관심이 있으신가봐요?'라고 묻는다 치자. 나는 '아니요, 무슨.'하고 겸양을 떨 것이다. 그 겸양은 사실 '몇 번 더 물어주세요.'의 의미이다. 그러나 대부분의 대화는 거기서 그치고 다른 곳으로 흘러가버린다. 그리고 난 후회한다. '조금 관심이 있습니다.'라고 할걸 그랬다고. 어쩌면 여기 이렇게 혼자 이 글에 열정을 쏟아붓고 있는 것도 그 때문이리라. 누군가와 이런 이야기를 해본 적이 별로 없기 때문이다.

미 현대문학 세미나

그런 아쉬움 때문이었는지, 세미나에 가본 적도 있었다. 어느 겨울이었다. 가까운 대학의 모 학회에서 타 대학 발제자들을 초청해 연 공개 세미나였다. 이미 몇 주 전에 지나가다 포스터를 보고 일정을 적어놓았는데도, 입구에서 여러 번 장소와 시간을 재확인하는 척하다 겨우 들어갔다. 나 이외에는 모두가 아는 사람인 듯한 기분. 이런 모임에서는 으레 공개적으로 오라고 해놓고도 누군가 오면 신기해하는 법이다.

Q : 어떻게 알고 오셨죠?

A : 포스터를 붙여놓으셨잖아요!

그러나 실제로 그렇게 묻는 사람은 없었다. 그저 내 소심함이 만들어낸 가상의 대화일 뿐.

세미나는 전후 미국 현대문학에 대한 것이었고, 나름 새로 알게 된 것들도 있었지만 보통 세미나라는 게 그렇듯 격식이 있어 핵심(중요한 핵심이라기보다 말하려던 핵심)에 도달하는 데 꽤 많은 시간이 흘렀다. 사회자가 발제자를 소개한 뒤 매우 일반적인 서론을 듣고 나면 본론에서 정신이 혼미해지기 시작해 정신이 들 즈음 아주 싱거운 결론을 듣게 되는 식이다. 더군다나 발제문을 나누어주었는데도 왜 사회자가 다섯 명의 발제자들에게 자신이 준비해온 원고를 처음부터 끝까지 읽도록 시간을 할애하는지 이해가 되지 않았다. 나는 집중하려다 점점 혼미해져 앞질러 읽지도, 원고에 빠져들지도 못했다.

기억나는 것 중 하나는 존 스타인벡에 대한 것이었고, 하나는 커트 보니것에 대한 것이었다. 케루악은 실망스럽게도 뉴욕파 작가들과 비트 세대에 섞여 아주 적은 분량으로만 언급되었다. 포털 사이트에서 검색 몇 번만 하면 알 수 있는 것들.

그래도 외부인이라는 긴장감에 열심히 귀 기울여 들었다. 얼마 만에 강의라는 걸 들어본 것인지. 나 역시 10대 시절 이런 대학의 분위기에 얼마나 환상을 품었던지. 고풍스런 건물과 책을 안고 서둘러 뛰어가는 학생들. 나는 잠시 그만둔 대학을 낭만스럽게 떠올려보다 이내 밀렸던 과제들과 지루했던 오후의 강의들을 떠올렸다. 그때는 이런 건물조차 눈에 들어오지 않았었다.

이날의 강의실은 추웠고, 건조하게 틀어둔 라디에이터 위의 낡은 창틀이 더욱 추운 느낌을 냈다. 나는 필기까지 하며 열심히 귀를 기울였다. 내 자신이 오래전 아르바이트를 하러 갔던 어느 학술대회의의 아마추어 연구자들 같다는 걸 깨달았다. 학계의 바깥에서, 자신의 집에서, 오래된 책을 잔뜩 쌓아놓고 연구하는 그런 사람들.

그 학술대회의 재야 연구자들은 유일하게 열심히 질문을 하는 사람들이었다. 발제를 맡은 대학 교수들은 질문에 제대로 대답하지 못하거나, 길고 초점에서 벗어난 답변을 했다. 결국 질문자들은 질문의 의도를 재차 설명하려다 그만두고 다소 실망스런 표정으로 감사를 표했다. 이 대회에 참석하려고 아침 일찍 어딘가에서 버스를 타고 왔을 게 분명한 모습들.

세미나가 끝나자 어느 유능한 학생 하나가 유일하게 발제자와 주고받았다고 할 만한 질문을 했고, 나머지는 대부분 침묵하거나 상식의 부족에서 비롯된 간단한 질문을 했다. 그

다음? 박수와 함께 세미나가 끝났다. 진행자가 가까운 호프집에서 뒤풀이가 있을 거라고 남은 대화들은 거기에 가서 하자고 했다. 머뭇거리며 짐을 챙기던 내게도 같이 가자고 했는데, 다행히 다들 남은 다과와 짐을 챙기느라 바빠 어떻게 오게 되었는지 자세히 묻지는 않았다. 나는 뒤풀이 장소도 알고 있었고, 가서 뭐라도 관심사를 좀 나누어볼까 했지만 결국 포기했다. 일행들이 나오는 데 시간이 걸렸고, 그 바람에 계단에서 서성이다 보니 그런 내 모습을 견딜 수가 없어졌기 때문이다. 혼자 맥주 한 캔을 사서 집에 돌아왔다.

K 교수의 답장

편집자님께

 보내주신 원고, 몹시 흥미롭게 읽었어요. 저자가 어떤 사람일지 궁금해지는걸요.

 특히 그분이 번역했었다는 『On the Road』가 어떤 원고였을지 이리저리 상상해보게 되었어요.

 저야 뭐, 케루악 전공은 아닌데다 작품과 관련한 세세한 것들은 번역가들이 더 잘 아는 경우도 많아 그렇구나, 끄덕이며 읽었지요. 그리니치빌리지의 카페에서 『On the Road』를 읽던 때의 기억도 새록새록 나면서, 저자가 간간이 그 특유의 문체를 따라한 점도 흥미롭더군요. 여러 해를 매달린 것 같던데, '이런 사람이 공부를 해야 하는 것 아닌가?' 싶은 생각도 드네요.

귀한 원고 보여주셔서 감사해요. 또 찾으시면 보내주시고요. 비밀은 꼭 지킬게요.

그럼 환절기 건강 잘 챙기시고, 또 연락드릴게요.

K 드림

편집자의 답장

K 교수님께

오늘은 정말 완연한 가을 날씨네요.

흥미롭게 읽으셨다니 다행입니다. 안 그래도 추가로 찾은 원고가 있어 보내드리려던 참이었거든요.

물론 저도 처음에 이 원고들이 흥미로웠던 건 사실입니다. 초반부 원고를 받고—물론 조정했으면 하는 점들이 많았지만(지나친 장문이나 반복되는 이야기들 말이죠)—자잘한 것들은 나중에 고쳐도 되니 일단 이것저것 최대한 많이 써서 보내보라고 했었습니다.

그런데 글이 점점 더 개인적인 이야기로 이어지더군요. 저자가 원고를 항상 단숨에 써야 한다는 강박을 느꼈던 걸 기억합니다. 몇 군데 수정을 제안하면 전혀 다른 원고를 새로 써서 보내는 걸 선호했죠. 어쨌든 구성은 나중에 생각하려고 일단 무엇이든 써보라고 했습니다. 그렇게 받았던 것 중 하나가 이번에 보내드리는 묶음이고요. 보시면 아시겠지만, 이건 뭐, 자전적인 수기에 가깝습니다.

참고로, 글에 나오는 편집자는 제가 아닙니다.

수년 전, 저자는 『길 위에서』의 원고를 저작권 확인 없이 통째로 한 출판사에 보냈다 계약이 되어 있다는 걸 뒤늦게 알았나 봅니다. 그 후 『다르마 행려』라는 작품(역시 현재는 다른 출판사에서 나와 있습니다)의 샘플 번역을 보냈다가 또 한 번 계약이 무산되었고요. 저희 회사에도 처음 『빅서』라는 작품의 번역 제안서를 보내어 알게 되었는데, 저희는 아시다시피 그 무렵 외서보다는 국내 교양서 쪽으로 방향을 튼 상태였습니다. 제가 담당했던 임프린트에서 우연히 제안서를 보게 되어 역으로 교양서 집필을 제안해보았던 것이었죠.

예전 생각이 나 설이 길어졌네요. 아무튼 저는 메일함을 더 뒤져보도록 하겠습니다.

교수님, 건강 잘 챙기시고 또 연락드리겠습니다.

p.s. 아, 저자의 예전 메일 주소로 혹시 연락이 될까 싶어 메일을 보내두었습니다!

원고묶음 2

다시 쓴 서문

짬을 내어 케루악을 옮기고 있는 내가 또 짬을 내어 이 글을 쓰고 있는 이유는 간단하다. 아무도 하지 않으리라는 것을 알기 때문이다. 또, 누군가 이 일을 대신 하면 내가 가슴 아파하리라는 것을 알기 때문이다.

그럴 경우, 나는 내가 맡을 수도 있었던 일을 그 누군가가 잘 해내는지 눈에 불을 켜고 들여다볼 것이다. '차라리 이럴 시간에 내가 그 일을 맡을걸 그랬다.' 후회하면서. 다행히 나는 굉장한 부담과 기쁨을 안고 이 글을 맡기로 했다. 이런 일은 현재의 바쁜 사정 같은 것을 따질 게 아니다. 어느 촌구석의 농부가 '재수 없게도' 신의 계시를 받은 듯 잠시 당황하다 이윽고 실행에 옮겨야 한다. 모자란 잠을 떨치고 당장 짐을 싸듯, 불행한 아이 한 명을 기꺼이 떠맡기로 하듯 받아들여야 한다.

왜냐, 어쩌면 이것은 축복이기 때문이다. 일부만 소개된 뒤 간단히 정리되어 지나가버린 한 작가의 영혼을 다시 한번 소개할 수 있게 되었다는 것. 그리고 이런 기회가 내게 우연히 주어졌다는 것. 아, 나는 이 일을 망칠까 두려워 조심히 모셔두고 수행하려 한다.

1

그때의 기분을 뭐라고 표현할 수 있을까. 다큐 〈조도로프스키의 듄〉을 보면, 필생의 대작이었던 〈듄〉의 제작에 실패한 영화감독 조도로프스키가 결국 데이비드 린치가 완성한 〈듄〉을 보러갔던 이야기가 나온다. 그는 심장마비에 걸릴 것 같아 안 보려 했지만 어쩔 수 없이 지인들의 권유로 보러 갔고, 보다가 점점 행복해졌다고 한다. 영화가 '생각했던 것보다 별로여서'.

주변인들도 내게 웃으며 그렇게 물었다. '그래서, 읽어보

니까 솔직히 어땠던가요? 나라면 더 잘했겠다, 싶던가요?'

음…… 그 전에 더 복잡한 감정이 있었다는 것부터 말하고 싶다.

그날 나는 평소처럼 지나던 길에 서점에 들른 것이었다. 『길 위에서』의 출간 여부를 간간이 신경 쓰고 있었지만 시간이 흐르다 보니 잠시 잊고 있었던 것 같다. 천천히 신간들을 구경하던 나는 버릇처럼 세계 문학 코너를 훑어보게 되었고, 그때, 너무나 갑작스레 그 책, 내가 '영원히 나오지 않기를' 기대했던 그 책이 꽂혀 있는 것을 보았다. 서점 안의 그 누구도 충격으로 얼어붙은 내 모습을 알아채지 못했을 것이다. 그 조용한 공간에는 책들만 한가득 꽂혀 있었지, 편지나 전보가 도착한 것도 전화 한 통이 걸려온 것도 아니었기 때문이다. 그러나 어떤 책이란 하나의 비보일 수 있었다.

나는 조심스레 책을 빼내어 기운 없이 겉면을 훑어보았다. 묘한 기분이었다. 그 책은 내가 속속들이 들여다본 적이 있는, 아주 잘 아는 책이었다. 나와 깊은 인연이 있는 책, 그러나 실제로는 아무 연관이 없는 책. 내가 만들려 했지만, 결국 제작에 1%도 관여하지 않은 책. 그것이 차가운 진실이었다.

그래도 나는 그날 그 책을 샀다. 잃어버린 사랑을 응원하는 마음으로. 나는 거짓된 성숙함으로 패배감을 승화시키며 책을 들고 서점을 나왔다. 그리고 집에 와 잘 꽂아두었다.

그 책을 들추어보는 데는 시간이 조금 더 필요했다. 물론 더 이상 진행할 이유가 없어진 내 번역은 급격히 에너지를 상실했다. 내가 출간된 『길 위에서』를 읽고 조금이나마 '판단'이라는 걸 할 수 있게 된 것은 좀 더 훗날, 케루악을 옮기는 게 결코 쉽지 않다는 걸 깨달을 무렵이었다. 나는 그 번역자도 나름 잘한 거라고, 비교적 충실히 번역한 거라는 걸 알게 되었다. 읽어보니 솔직히 어떻더냐고 묻는 사람들에게 비로소 이렇게 말할 수 있었다. '나름 잘했더라'고.

물론 케루악의 생기 있는 문체가 아주 잘 재현된 건 아닌데다, 케루악의 첫 책이 그렇게 소개되었다는 점은 좀 아쉬웠지만……. 그리고 작가의 사적인 삶을 좀 더 자세히 조사하지 못한 데서 비롯된 사소한 실수들—이모를 고모로, 형을 남동생으로 옮기는 실수-를 저질렀지만……. 그리고 또…….

아니다. 이런 이야기를 덧붙여보았자 뭣하겠는가. 스스로를 초라하게 만들 뿐이다.

나는 그날 사온 『길 위에서』를 그렇게 내 책장에 조용히 꽂아두었다. 나는 그 책에 아주 사연이 많았지만 그 책은 전혀 모르는 것 같았다. 몇 번인가 겸손한 마음으로 꺼내어 정독을 해보기도 했지만 뭐하는 짓인가 싶어 결국 그냥 다시 꽂아두었다. 그 책은 그렇게 지금도 내 서가에 잘 꽂혀 있다. 케루악의 원서들 한 구석에.

2

옮긴다는 것도 일종의 소유욕에서 나오는 행위일까? 왜 나는 그 번역을 '빼앗긴' 것처럼 생각했을까? 물론 기회를 빼앗긴 것은 맞지만 애초에 나는 출판을 목적으로 번역했던 것은 아니었다. 그저 1차 번역이 끝난 어느 날 어쩌면 출간이 가능할지도 모르겠다고 생각했을 뿐이다. 뒤늦게 가벼운 욕심을 냈을 뿐이다. 그런데 그 뒤늦은 욕심이 너무도 강렬했던 걸까. 더구나 무산된 원고를 이제 와 다시 보면, '나도 번역을 했었다.'라고 하기에는 뭣한 초고일 뿐이다. 혼자 오랜 시간 공을 들였을 뿐 그건 몇 장의 기획안에 붙인 첨부 문서에 불과했다. 더구나 한발 늦은 기획안.

그러나 이 '무산'을 경험하며 나는 내게 굉장한 소유욕이 있었다는 것, 소유욕이 없었더라도 자라났었다는 것을 깨달았다. 차츰 자라나 깊숙이 자리 잡고 있는 것, 사랑이 바로 그렇지 않은가.

나는 그 문장들과 대화하며, 그 문장이 나하고만 대화한다고 생각했던 것 같다. 나하고만 내밀한 대화를 나누며 나하고만 긴 시간을 보낸다고 말이다. 내게 끝없는 가능성을 던지는 그 문장들에 나는 점점 더 많은 시간을 할애하며 충성을 맹세하게 되었고, 언젠가 완벽한 사랑-완벽한 번역이 되어 내 것이 되어줄 거라 착각했던 것인지 모른다. 그리고 사랑을 소유로 착각한 죄로 이런 대가를 받은 것인지도 모른다.

그러나 번역은 소유된다. 나는 저작권이 살아 있는 그 책을 동시에 번역할 수 없었다. 지금도 그 문장들은 나의 소유가 될 수 없다. 오래전, 그 문장들은 내게 그렇게 속삭였다(아니 문장들은 사실 그냥 있었고, 나 혼자 환청을 들었다). '당신이라면 나를 번역할 수 있어.' 그러나 나는 몰랐다. 그 말에 귀 기울이기 전 우선 소유했어야 한다는 것-저작권을 샀어야 한다는 것을 몰랐다. 저작권이 살아 있는 책은 일단 저작권자와 접촉해 계약을 맺고 출간을 확정해야 번역을 시작할 수 있다는 것을 몰랐던 것이다.

나는 '좋은 것 하나를 배웠다'는 사실로 스스로를 위로했다.

그러나 사실 『길 위에서』는 번역된 적이 있었다. 어찌된 영문인지는 모르지만, 아마 이 사랑과 소유의 규칙이 엄격하지 않았을 때 가능했던 일이 아니었을까 싶다. 나는 가끔 어떤 어른들이 『길 위에서』를 읽은 적이 있다는 이야기를 들었지만, 다른 책과 혼동한 거겠지 생각했었다. 그러나 『길 위에서』가 국내에 소개되었던 것은 사실이었다. 1960년, 『세계전후문학전집 미국편』. 무려 원작이 출간되었던 해와 3년 차, 아직 케루악이 살아 있을 때였다. 거의 동시대의 작품을 소개한 것이나 다름없었다. 동시대에 소개되었던 그 문학이 왜 잊혔다 '최초로 상륙한 것처럼' 출간되는 것인가. 그러나 저작권 개념이 희박했던 국내에 이런 사례는 꽤 많았다는 것을 알게 되었다.

나는 부산의 한 헌책방에 이 전집이 있는 것을 확인하고 주문을 했다. 전집에 포함되어 있었기에 한 질을 다 사야 했다. 미국편을 찾아 해당 페이지를 펼친 나는 고색창연한 문장, 그러나 『길 위에서』와 동시대의 언어였을 한국어를 마주했다. '노상에서'라는 제목, '샤쓰'라고 표기된 셔츠. 거기에는 심지어 케루악의 칼럼도 실려 있었다. 그는 비트 세대를 모함하는 자들에게 '화 있을진저!'라고 분노하고 있었다.

나는 이 책 역시 케루악의 제단에다 꽂아두었다.

3

그 무렵의 소유욕이 내게 안겨준 감정은 분명 충격과 상실감이었다. 나는 그날(『길 위에서』의 출간을 알게 된 날) 그 책을 사들고 신호등을 건너 전철역으로 향했던 것 같다. 석양은 멜랑콜리한 빛을 가득 뿜어내고 있었고, 내 마음의 일부는 그런 나를 지켜보고 있었을지 모른다. 고개를 숙인 채 걷고 있는 나.

더 나아가 어쩌면 그런 모습을 조금은 즐겼을지도 모른다. '완벽한 패배의 스토리' 속 주인공이 된 듯한 상태. 누구든 삶에서 그런 걸 겪고 싶진 않겠지만, 막상 그런 상황이 되면 따뜻한 겸허함이 자신을 감싸는 것을 인정하지 않을 수 없다. 이 정도의 패배는 오열하며 정신을 잃을 정도의 상태는 아니기 때문이다. 그저 자신이 생각했던 것보다 세계의 변두리에 있고, 천재나 행운아가 아니며, 평범한 다수에 불과하다는 깨달음. 그것은 괴상한 겸허함을 가져다준다.

거기에다 약간의 시원함도 더해진다. 승리와 완전한 소유를 향해 나아가던 자의 긴장감이 사라진 데서 비롯된 자유로움. 어떤 면에서의 속 시원함. 놓지 못했던 집착을 타의에 의해 놓아버린 데서 오는 시원함.

이런 걸 느껴보면 우린 저절로 '그리스인 조르바'가 왜 자신이 공들여 만든 목재 운반 장치가 무너지는 걸 보며 춤을 추었는지 이해하게 된다.

아니 조르바까지 갈 것도 없다. 왜 케루악이 '비트(beat)'라는 단어를 재발견했는지를 더 깊이 이해할 수 있다.

케루악이 비트라는 단어를 사용한 것은 좀 더 이전부터였지만, 그가 그 단어에 숨겨져 있던 성스러운 의미를 한 번 더 깨달은 것은 1954년 고향 로웰을 걷고 있을 때였다. 그는 아무런 문학적 성과를 내지 못하고 있는 빈털터리였고, 어릴 적의 동네를 재방문하는 중이었다. (나는 마치 내가 그 모퉁이를 걷고 있는 듯 그 순간에 공감하고 있다!)

그가 그날 어린 시절의 동네를 걷기 전까지 '비트'는 완전히 방전해 녹초가 된 상태라는 의미였다. 그와 친구들은 자신들의 세대를 그렇게 부르고자 했다. 비트. 산에서 하산 중인 등산가의 초췌해진 상태. 모든 떠오르는 음을 다 불어버리고 기진맥진한 재즈 트럼페터가 흘리는 땀. 어두운 무대. 인간적인 필요 이상의 무언가를 발휘해버리고 난 자의 충만한 피로. 하얗게 불태워버린 어떤 것. 비트는 이미 꽤 중의적이고 미묘한 단어였다.

그런데 케루악은 그 단어에서 종교적 의미, '비티픽(Beatific)'이라는 의미 하나를 더 보게 되었다. 신의 축복을 듬뿍 받은 상태. 더없이 황홀한 상태. 가톨릭 신자였던 그는 인간적 실패의 어느 모퉁이에서 신의 사도, 순교자로서의 스스로를 상상했던 게 아닐까. 자신이 문학의 성 프란치스코가 되었다고 생각했던 게 아닐까.

자기애가 강한 사람은 절망 속에서도 자신의 새로운 캐릭터를 찾아내는 법이다. 그는 자신에게 또 다른 사명이 있을지 모른다고 생각했던 것 같다. 이해받지 못할 수밖에 없는 아웃사이더. 언어의 순수한 옹호자. 케루악과 그의 친구들은 이미 세련된 지식들로 무장했지만 사회에서는 낙오된 아웃사이더들을 알고 있었다. 그리고 젠체하는 지식인도, 성공만 좇는 속물도 아닌 새로운 인물들—모든 걸 알고 있음에도 조용히 침묵한 채 그냥 살아가는 가장 세련된 사람들—을 알고 있었다. 그는 자신이 그런 인물이 된 것을 알아보았을 것이다.

1968년 저명해진 스타 작가 케루악이 TV에 나와 '비트닉'에 대한 질문에 농담으로 일관한 것은 그래서였을 것이다. 비트 세대가 유명해지자 미국 사회는 항상 그렇듯 성스러움만 쏙 빼고 그 단어를 제멋대로 써먹기 시작했다. 《샌프란시스코 크로니클》의 기자 허브 케인이 만든 '비트닉'이라는 단어는 비트 세대 당사자들이 만든 것이 아님에도 염소수염을 기르고, 기괴한 옷을 입고 다니며 파티를 벌이는 이미지와 함께 굳어지기 시작했다. 미 전역에 비트닉 파티가 열렸고, 비트닉 스타일이 유행했다. 그리고 결국 케루악은 자신이 만든 것도 아닌 이 단어에 대한 질문을 받기에 이른다. '왜 비트닉이라 부르게 되었죠?' 그는 자신이 쓴 단어는 '비트'이지 '비트닉'이 아니라고 부인하지 않고, 소련이 미국보다 먼저 스푸트니크를 쏘아 올렸으니 우리도 비슷하게 하나 만들었다고, 비트닉을 만들었다고 빈정댄다.

대부분의 유명인이 그렇듯 케루악은 대중적인 관심이 커지며 점점 자신과 무관한 이미지들에 둘러싸이게 되었다. 그렇게 그는 더 완벽한 '비트'의 상태에 놓이게 되었다. 아무도 모르는 사명을 어렵게 이어나가는 자. 그가 혼자 발견해야 하는 고독한 축복.

　나는 이 '비트'의 느낌에 공감하며 '저는 비트를 조금 이해하게 되었습니다.'라고 고백하고 싶어졌다. 그러나 어디에다? 내 베개에다? 지는 태양에다? 아니, 나는 책상 위에 놓인 나의 무용해진 원고에 고백하고 싶어졌다. '죽고 나서 유명해지면 뭐해?'라고 하는 사람은 이해할 수 없는 마음으로. 죽고 나서야 이해받을 운명이라는 것을 깨달은 자의 겸허함으로.

　그리고 슬그머니 눈길을 돌리기 시작했다. 케루악의 또 다른 책, 아직 옮겨진 적 없는 가장 유명한 작품인 『다르마 행려 The Dharma Bums』로.

4

　2년 뒤, 연남동, 『The Dharma Bums』 관련 미팅.

　점심시간이 이미 30분 지난 출판사 사무실 한구석. 그는 나를 맞이하려고 일어나 손을 내밀었다. 비즈니스라고는 경험해보지 못한 나의 비즈니스. 점심시간을 방해한 것 아니냐고 하니 그는 불필요한 정보를—자신은 사무실에서 어차피 왕따라 항상 혼자 점심을 먹는다는 얘기를—알려주었다. 같이 점심 먹을 사람도 있고 잘 된 일 아니겠냐며 그는 겉옷을 챙겨 입었다.

우리는 플라타너스가 늘어선 애비뉴, 아니 서울의 한 골목길에 있는 식당에서 추어탕을 먹고 나왔다. 담배를 권하기에 피우지 않는다고 하니, 담배도 안 피우는 사람이 어떻게 케루악 같은 작가를 옮길 생각을 했느냐며 웃었다. 그것이 그의 첫 번째 편견이었다. 그러나 나는 이번 일이 성사된다면 어떤 편견 섞인 대화라도 좋다고 생각했다. 혼자 점심을 먹는 이 흡연자와의 산책은 혼자 책상에서 출판사에 원고를 보내볼까 망설이던 비흡연자의 밤에 비하면 얼마나 현실적인가.

우리는 윌리엄 버로스에 관심이 있었다는 그의 지인에 대해, 또 번역가이기도 한 그가 직접 옮긴 몇 권의 책들과 해외 판권을 아쉽게 놓쳤던 베스트셀러의 계약에 대해 이야기하며 인근 카페로 걸어갔다. 어쩌면 나는 그날 이 순조로운 행운에 흥분해 너무 많은 말을 했는지도 모르겠다. 한 번의 질문에 두 배의 대답을 던지며.

카페에 도착해 편집자가 잠시 화장실에 간 사이, 나는 창가의 동그란 유리 테이블을 내려다보며 이것이 얼마나 행운인가 다시 한번 그 현실감을 즐겼다. 그리고 그가 자리로 왔을 때 또 하나의 희소식을 듣게 되었다. 해외 판권자가 한 권이 아닌 세 권을 묶어 계약하고 싶어 한다는 것. 그러니 내가 몇 권을 더 뽑아줄 수 있겠느냐고 했다. 할 수 있었다! 그런 거라면 얼마든지 할 수 있었다. 그러나 과한 기쁨의 노출은 비즈니스를 망칠 수 있다는 본능에, 나는 한 번 뽑아보겠노라고 담담하게 대답했다.

그는 마치 우리가 번역과 출판을 위해 만난 것이 아니라, 잠시 느슨하게 취향을 드러내는 LP바에라도 온 듯 재즈 이야기를 꺼냈다. 자신은 재즈를 별로 들어본 적은 없지만, 재즈야말로 가장 느슨하고 격의 없는 음악인 것 같다고 했다. 그의 두 번째 편견이 나를 자극했다. 나도 재즈를 그렇게 많이 듣는 건 아니었다. 그러나 비밥의 전성기에 무대를 존경스럽게 올려다보고 있던 비트 세대 작가들을 들여다보다 와서 그랬던 것 같다.

나는 재즈야말로 어쩌면 가장 정교하고 지적인 음악이라는 이야기를 해버렸다. 그는 기분 상해하기보다 오히려 새로

운 사실을 알았다는 눈치로(마치 다음에 어느 자리에서 누군가에게
는 그렇게 말해야겠다는 듯한 표정으로) 멍하니 고개를 끄덕였다.
그러더니 다시 윌리엄 버로스를 좋아했다는 지인 이야기를
꺼냈다. 윌리엄 버로스는 케루악의 친구였고, 버로스를 좋아
하는 독자는 역시 비트 세대의 독자이기도 하니 그리 무관한
이야기는 아니었다. 그렇게 점심시간이 끝났다. 우린 함께
흥미로운 일을 해볼 수 있게 되어 기대된다고 악수를 나누었
고, 며칠 안에 메일로 목록을 보내기로 했다.

　며칠 안으로? 나는 집에 오자마자 떨리는 마음으로 케루악
의 저서 목록을 펼쳐놓았다. 그리고 국내에 우선 소개하기에
어떤 것이 좋을지 저울질했다. 불교 경전처럼 쓴 것이나(『금
빛 영원의 서』) 분량이 너무 많은 것(『데솔레이션의 천사들』), 하이
쿠를(『잭 케루악 하이쿠집』) 먼저 소개할 수는 없었다. 작가를 잘
모를 독자층에게 작가의 형에 대한 사적인 이야기(『제러드의
비전들』)를 소개할 수도 없고.

　그렇다고 '닐 캐시디'에 대한 두툼하고 실험적인 책(『코디
의 비전들』)을 소개할 수는 없고, 이런 식으로 빼고 넣고, 더하
고…… 세 권의 조합을 이리저리 만들면서…….

　며칠 후 나는 다소 과한 열의가 담긴 엑셀 문서를 첨부하여

기획안을 보냈다. 그리고 기다렸다.

그리고 몇 주 후, 전혀 예상하지 못했던 이유. 출판사 대표가 몇 권을 동시에 계약해야 하는 비용이라면 부담스러워 결제를 못 하겠다고 했다는 메일을 받았다. 재즈를 편하게 생각하던 윌리엄 버로스 애독자의 지인은 더 이상 설득해보지 않은 듯했다. 그는 사내에서 무력하기만 한 존재였을까, 아니면 평소와 다른 점심시간을 보낸 정도로 이 중요한 프로젝트를 접었던 걸까. 나는 플라타너스가 늘어선 카페 앞길에 서서 곧 계약될 세 권의 책을 상상하며 악수를 나누었던 그날의 행운이 얼마나 잠깐의, 과분한 행복이었나를 깨달으며 깊은 허탈감에 사로잡혔다.

당시 출판사에 보냈던 번역 기획안의 일부

1. 오늘날 한국에서 케루악을 소개한다는 것의 의의
- 오늘날 한국 사회는 케루악의 작품이 출간되었던 1950년의 미국처럼 경제성장을 이루었으나 정신적인 성장은 정체되고 후퇴하고 있다.
- 한국 사회도 보수화되었거나 신경증적이고, 냉소적이다.

- 젊은 세대의 목소리는 주류의 목소리를 넘어서기보다는 계속 '편입'되고 있다.
- 새로운 세대, 새로운 움직임은 항상 수동적으로 묘사되거나, 왜곡된다.
- 문화는 이런 현실에 활기를 주기보다는, 이런 것들을 재생산하며 슬럼프에 빠져 있다.
- 새로운 '생각'을 하려는 시도는 많지만 새로운 '말하기 방식-문체'를 찾으려는 시도는 별로 없다.

2. 역자 추천작 3편

1) 『다르마 행려(The Dharma Bums)』

비트 세대의 영적인 면, 월트 휘트먼과 소로우에서 이어지는 감수성을 담은 작품. 『길 위에서』 다음으로 유명했던 작품. 구도적 분위기. 1958년 출간. 원서분량 244p.

2) 『지하생활자들(The Subterranean)』

러브 스토리의 구조 안에 부끄러움과 욕망, 사랑과 실패라는 감정까지 솔직하게 드러내며 전성기 문체의 극치를 보여준다. 1958년 출간. 원서분량 111p.

3) 『빅서(Big Sur)』

미국 북서부 해안에서 펼쳐지는 비트 왕의 후일담. 알코올 중독자였던 작가의 내면상태와 명성에 대한 압박, 영적 구원에 대한 갈망을 그린 수작. 1962년 출간. 원서분량 241p.

3. 참고사항

1) 케루악 작품 중 14편의 소설이 작가의 페르소나가 펼치는 '둘루오즈 연대기(The Duluoz Legend)'에 해당됩니다. 위에 뽑은 세 작품과 이미 출간된 『길 위에서』도 그 일부입니다.

2) 사후 간행된 시집들과 습작들, 잡지에 기고했던 에세이 모음집, 불교 경전이나 명상록 형태의 글들, 미출간 초기작 중에도 흥미로운 것들이 있습니다. 관심 있으시면 문의 바랍니다.

※ 첨부 : 위 3작품의 번역 샘플

　　케루악 전작에 대한 간략한 개요(일람표)

5

케루악의 책들을 꽤 모았다는 생각이 든다. 완독한 것도 있고 아직 못 읽은 것도 있다. 이 책들을 하나 둘 사 모은 건, 『다르마 행려』의 출판이 무산된 뒤부터였다. 깊은 아쉬움은 곧 겸허한 마음으로 바뀌었고, 나는 순수한 독자로 남기로 했다. 솔직히 마음이 그렇게 평화로울 수가 없었다. 아르바이트를 하며 돈이 어느 정도 모일 때마다 케루악의 작품들과 관련서들을 샀다.

우선 '둘루오즈 연대기'에 해당하는 작품들을 페이퍼백으로 사 모았고, 『다르마 행려』의 50주년 판 하드커버도 샀다. 절판된 것을 용케 구한 책들도 있었다. 일시 절판되었던 『다르마의 일부(Some of the Dharma)』는 생각보다 금방 연락이 왔는데, 받아보고 미국에서는 이런 책도 나오는구나 싶어 놀랐다. 그건 케루악의 불교 공부 노트를 복사해 출판한 것과 다름없었다. 한 마디로 국내에서 나 말고는 아무도 안 살 그런 책이었다.

절판되었던 두터운 평전 『메모리 베이브(Memory Babe)』도 중고로 구입했다. 이 책은 너무 두꺼워 저녁에 엎드려 두 페이지씩 읽어가면, 몇 년이 지나 '그래도 꽤 읽었네?' 할 만한 두께이다. 하지만 정말 귀한 자료이다.

『다르마 행려』와 『길 위에서』의 일본판도 있다. 『길 위에서』는 도쿄에서 '온 자 로드'라고 물어 겨우 구입했고, 『선(禪) 히피』라는 우스꽝스런 제목으로 번역된 절판된 판본의 『다르마 행려』는 아마존 저팬에서 구입했다. 박스를 열었을 때 반투명 기름종이로 정성껏 싼 책에서 담배 냄새가 물씬 났던 게 기억난다.

이태원의 헌책방에서 구입한 책들도 있다. 비트 작가들의 모음집인 『비트 선집(The Beat Book)』에는 전북 익산역을 지나는 기차 안에서 비트 시인들처럼 책 뒤에 볼펜으로 시를 휘갈긴 어느 외국인의 필적이 남아 있었다. 노스캐롤라이나에 사는 주민이자 아마추어 집필가인 한 작가가 케루악이 인근에 살았을 무렵의 행적을 돌아보고 쓴 얇은 책자도 샀다(그 책을 산 날 얼마나 스스로에게 감탄했던지, 그리고 얼마나 그 뒤로 들추어 본 적이 없었던지).

너무 사들이는 것 같아 미루어두었던 『길 위에서』의 '오리지널 스크롤(케루악이 편집자에게 던졌던 두루마리를 재현한 판본)'도 결국 샀다. 행갈이가 없는 그 무지막지한 초고. 서점에서 몇 페이지만 읽고 말려다 사고 말았다.

케루악만 산 것도 아니다. 케루악의 친구인 작가들의 대표 작들은 물론이고, 영문학 개론서들도 샀다. 나는 연표에 비트 세대를 끼워놓은 책이라면 두꺼운 현대영문학 앤솔러지들도 사 모았다.

그리고 또 케루악에게 헌정된 컴필레이션 음반, 케루악의 낭독을 담은 CD, 케루악에 관한 CD롬까지 샀다. CD롬이 특히 흥미로운데, 아마 CD롬이 미래의 대안이 될 것으로 여겨지던 무렵 제작된 듯한 이 멀티미디어 자료에는 당시 작가들 간의 연인 관계까지 가지치기로 표시되어 있었다.

6

간밤에 김목인 씨에게 긴 메일을 쓰다가 지워버렸다. 이것저것 너무 많은 이야기를 쓰게 되었고, 결국에는 너무 이상한 사람으로 보일 것 같아 보내지 않기로 했다. 새벽 2시 반, 임시 저장.

그가 어쩌다 『The Dharma Bums』를 맡게 되었는지 몹시 궁금하다. 어떤 경로로 번역을 맡는 데 성공했는지, 얼마나 진척이 되었는지도 궁금하다. 이건 질투심이 아닌 순수한 호기심에서 하는 얘기들이다. 그는 과연 케루악의 어떤 측면을 좋아하는 걸까. 몇몇 인터뷰와 라디오에서 케루악과 비트 세대에 대해 언급하는 것을 들었지만, 대화의 중심 주제가 아니라 더 많은 정보를 알 수는 없었다. 그저 그도 나만큼이나 오래 관심을 두어 왔을지 모른다는 생각을 해본다. 음악가로 알려져 있지만 방 안 가득 케루악 책들을 모아놓고 있을지도 모른다.

메일을 보낸다면 의외로 반갑게 답장을 해줄지도 모른다. 어쩌면 차 한 잔 정도 같이 할 수 있을지도 모른다. 그러면 나는 그동안 모은 케루악의 책들을 괜히 가방 안에 잔뜩 쑤셔 넣고 나가겠지? 그러나 꺼내놓지도 않고 도로 가져올 것이다. 나는 명분 없는 행동에 약한 사람이니까. 그가 '마침 갖고 있는 작품이라도 있나요?' 해야 겨우 꺼내놓을 것이다. 그러나 그런 것을 왜 묻겠는가? 설령, 우연히 물었다 해도 가방 안에 가득 든 책들을 보여주면 기분이 어떻겠는가! '이 사람 뭐지?' 할 것 아닌가. 나는 그런 것은 즐기지 않는다. 나는 그저 나의 매혹이 아주 자연스럽고, 산뜻해 보이기를 원한다.

괴상해 보이는 것은 싫다.

그러나 또 하나의 이유는 사실, 케루악의 원서를 꺼내놓고 함께 보는 것이 책 표지를 구경하는 것 이상의 의미가 없기 때문이다. 이건 오래된 우표도 아니고, 작품의 초판본들도 아니다. 누구나 인터넷으로 몇 분 만에 검색할 수 있고 며칠 뒤 집에서 받아볼 수 있는 외서 페이퍼백들일 뿐이다. 내가 그걸 잔뜩 싸들고 나간다면, 그저 다른 방식으로는 내 열정을 드러낼 무언가가 없어서 그러는 것일 뿐이다.

영문학 전공자이거나 번역서가 한 두 권 있다면 모르겠지만, 나는 사실 외관상 케루악과 아무 연관이 없어 보이는 사람이다. 비트의 성지인 '시티라이츠 서점'에 가본 것도 아니고(사실 비트를 몰라도 거기에 가본 사람은 많다) '루트 66'을 달려본 것도 아니다(비트를 몰라도 그 옛길을 따라 미국을 횡단해본 사람은 많다). 나는 심지어 내가 아는 것들, 『The Dharma Bums』를 번역하려 했었다는 말조차 꺼내지 못할 것이다. 쓸데없는 겸손함이 고개를 들어 '그냥 조금 읽은 정도입니다.' 같은 말, 아무런 새로운 가능성을 열어주지 못하는 그런 말들만 흘리고 말 것이다.

7

사라진 열정의 느낌

어떤 일에 대해 활활 타오르던 에너지가 빠져나간 상태는 그 이전과는 너무나도 다르다. 그것을 감싸고 있던 내가 유령처럼 증발해버리고 만다.

오늘은 케루악의 인터뷰 동영상을 보다가 내가 예전처럼 그것을 잘 알아듣지 못한다는 것을 느꼈다. 그러자 모든 것에 자신이 없어졌다. 다시 번역을 시도하는 것, 케루악이 아니더라도 뭔가를 시도하는 것, 영어로 쓰인 모든 것에 대한 접근이 자신 없어졌다.

한창 번역을 하던 때에는 모든 게 '완전히 알아듣기 직전'의 상태처럼 느껴졌었다. 자료 영상을 봐도 인터뷰어나 청중보다 상황을 더 잘 알고 있다고 생각했고, 주인공인 케루악이 왜 술에 취해 난처한 표정으로 책을 낭독하고 있는지 알고 있었다(물론 그것들은 또 다른 자료에서 그 인터뷰 당일의 상황에 대해 읽었기 때문이었다). 그러나 오늘은 그 모든 것들이 아주 먼 일처럼, 초반에는 열의를 갖고 시작했었지만 어느덧 따라잡기 힘들어진 교재처럼 느껴졌다.

영상 속의 케루악은 몹시 빠르게 '굴리며' 말하고 있었고, 제스처를 비롯한 그 모든 것이 끼어들기 힘든 벽처럼 느껴졌다. 그러면서 나는 곧 이전에 나를 감싸고 있던 자신감 대부분이 열정이 만들어낸 허상이었다는 것을 알게 되었다. 열정은 내 이해력과 순발력, 언어감각을 긍정적인 자신감으로 가득 채웠던 것이다. 그래서 모든 걸 거의 완성에 다가서게 한 것처럼 느껴지게 했던 것이다. 모르는 것들만 조금 보완만 하면 되는 것처럼.

그렇게 나는 다시 무지의 상태로 돌아왔다. 내 번역 초고는 몇 년 전 어느 나라를 처음 방문해 낯선 문자들이라도 배워보겠다고 이것저것 기록해둔 노트처럼 초라했다. 본격적으로 말을 배워야 하는 시점에는 별반 도움이 안 되는 노트. 거기에 남아 있는 것은 그저 한 가지, '참 열심히 한다고 했구나.' 하는 열정의 흔적뿐이었다. 열정의 잔해. 열정의 잿더미.

8

왜 다들 케루악에 감동하지 않는가

나는 어쩌면 독자들이 책으로부터 흔히 얻는 감정, '이건 정말 내 얘기잖아.'를 느꼈던 것뿐일지 모른다. 또 당시에 여러 작가들의 책을 충분히, 두루 읽고 있던 게 아니다 보니 시야가 케루악의 저작들에만 몰려 있던 것인지도 모른다.

어쨌든 그 결과는? 케루악의 책에 인생의 모든 국면이 담겨 있다고 착각하게 되었다. 그건 마치 내 인생의 평행우주와도 같았다.

당시에는 정말로 내 인생에 '딘 모리어티(『길 위에서』의 주인공)' 같은 인물이 나타났었고, 갓 학교를 그만둔 내 인생을 경쾌한 격랑에 휘말리게 했었다. 내겐 문화의 주류가 아니지만 '신성한 새벽의 꽃처럼 피어 있는' 친구들이 있었고, 친구들의 집이 있는 몇 개의 지점(미 대륙만큼 크지는 않았지만)을 수시로 오가며 술자리가 밤낮 구별 없이 이어졌다. 나는 와일드한 주인공이기보다 케루악의 화자처럼 와일드한 사람들을 따라다니며 그들의 가치를 알아보는 사람이었다.

결국 나는 점점 더 모든 상황에서 케루악을 떠올리게 되었다. 가령 새벽 2시, 친구 집의 낮게 켜둔 조명 아래 아늑한 술자리를 지켜보며, 『다르마 행려』 속의 어떤 장면을 얘기하는 식이었다. 문제는 내가 영미문학을 곧장 예로 들 만큼 지적인 티를 내는 사람은 아니었다는 것. 그런 이야기를 하기 위해서 내겐 항상 자연스런 연결고리가 필요했다. 그건 뭐랄까, 뮤지컬 배우가 갑자기 노래를 해도 아무도 뭐라 하지 않는데, 이렇게 갑자기 노래하는 데는 충분한 사연이 있다고 설명을 하고 있는 것과 비슷했다.

나는 케루악 작품을 예로 들기 위해 너저분한 이야기들을 포석으로 깔곤 했다. 예를 들어 '내가 아는 사람 중에 케루악이라는 작가를 아는 사람이 있는데' 같은 간접적인 포석들. 느슨하게 연결된 이런저런 이야기를 듣던 상대방은 결국 나로부터 케루악 이야기를 듣게 되는 것이다. 마치 다단계 홍보처럼.

그래도 모두들 아주 다정하게 '그 책 나오면 꼭 읽어보고 싶다!'고 해주었다. 그런 모습들 또한 케루악 작품에 나오는 인물들 같았다. 딘 모리어티는 샐 패러다이스의 작업을 들여다보며 그랬다. '좋아, 이렇게 계속하는 거야. 넌 역시 최고라니까!'

9

영어를 잘하고 싶다. 영어를 잘하려면 문화를 잘 아는 게 도움이 많이 된다는데, 꼭 그렇진 않은 것 같다. 나는 1950년 대에 미국의 역에서 화물차들을 어떻게 연결했는지, 돈을 어떻게 송금했었는지, 쥬크박스에 어떤 음악들이 있었는지 조금 안다. 그러나 영어는 그만큼 못한다.

언젠가 한 선배가 케루악을 좋아한다는 어느 미국인 친구와 인사를 시켜준 적이 있다. 그는 빠른 말로 반가움을 표했고, 나는 그가 내게 『길 위에서』를 좋아한다면 『Off the Road』도 한 번 읽어보라는 것만 겨우 알아들었다. 내가 그 책을 안다고 하니 그가 몹시 미국적인 제스처로 '이 가이 (guy)는 대체 누구야?'하며 놀라워했던 것도 기억난다.

음악 하는 친구가 아는 밴드의 외국인 멤버가 소설을 쓰고 있다고 해서, 케루악을 좋아하냐고 물어본 적도 있다. 그 정도라도 물어볼 수 있었던 건 뒤풀이였고, 맥주를 마신 덕분이었다. 그러나 그는 어깨를 으쓱하며 "비트 작가들은 장면을 생생히 그려내는 재주가 있지만, 솔직하지 않아 나는 그다지 좋아하지는 않는다."라고 했다. 그때는 꽤나 충격이었다.

케루악이 솔직하지 않다니. 케루악처럼 거북할 정도로 자기 고백을 쏟아놓는 작가가 솔직하지 않다면 누가 솔직하단 말인가(그는 『Book of Dreams』로 자신이 꾼 꿈까지 펴낸 사람이다). 그러나 차츰 나도 균형을 갖게 되었다. 자기 고백적인 사람들이 때로는 경험을 과장한다는 것. 지나치게 흥분해 말한다는 것. 그러나 비트 세대가 그리도 흥분했던 것은 그 시대가 이상할 정도로 차분했기 때문일 거라고 생각해보았다.

한 독서 모임에서 케루악과 『길 위에서』에 대해 발제했을 때도 그런 기분이었다. 나는 그 작품이 얼마나 특별한지를 알리려고 긴 시간을 더듬거렸다. 돌아온 반응이라고는 '내가 왜 유달리 그 작품에 꽂혔는지'를 분석하는 대답들이었다. 그 분석은 모든 걸 평면으로 만들어버렸다. 세상의 모든 작품은 다 고만고만하고, 어떤 정신사적인 사연을 가진 독자들이 가끔 몇몇을 지나치게 추켜세운다는 듯. 그러나 나는 그렇게 반박하지 못했다. 그저 내 발제가 부족했다고 생각하고 치워버렸을 뿐이다.

왜 다들 케루악에 금방 빠져들지 않지? 혹시 내가 본 다큐에서 비트 세대의 특별함을 칭송하던 문학박사 '앤 차터스'는 그 바닥에서는 그렇게 위대한 학자가 아닌 걸까? 비트 세

대의 특별함을 칭송하던 시민들은 그저 자기 세대의 향수에
빠져 있는 술꾼들인 걸까? 모르겠다. 영어를 더 잘한다면 더
많은 자료들을 읽어보고 싶다. 내 취향이 어느 정도의 위치
에 있는 것인지 알고 싶다.

10

미국전도

내 책상에는 미국 전도가 붙어 있다. 어느 헌책방의 《내셔
널 지오그래픽》 과월호에 부록으로 들어 있던 지도. 나는 그
지도를 기쁜 마음으로 붙이려다 조금 망설였었다. 뭐랄까,
미국적인 기호가 주는 부담감. 성조기나 코카콜라 상표, 미
키 마우스 등 너무 미국적인 것을 내걸 때에는 그런 거부감
이 있다.

어쩌면 케루악에 대한 복잡한 감정 중 하나도 그것이었다.
사실 내가 케루악에 몰입한 건 그 한없이 미국적인 정서 때
문이 아니라 그의 문장, 그 '미국에 태어났을 뿐인' 한 영혼

의 목소리 때문이었다. 그러나 그런 구별은 애초에 불가능한 것이었다. 케루악과 미국은 떼어놓을 수 없으니까. 자동차, 길게 뻗은 도로, 광활한 대륙과 철도들. 그는 너무나 미국적인 책을 썼다. 그래서 케루악의 특별함에 대해 설명하려고 하면 언제나 그 미국적인 것이 먼저 끼어든다. 그도 그 바람에 전형화되었고 말이다.

그의 『길 위에서』는 《라이프》 같은 잡지들의 격동적인 사건들 한켠에 언제나 등장한다. 그러나 그를 통해 케루악의 다른 작품들이 소개되는 경우가 얼마나 있을까. 그가 이주민이 가득한 메사추세츠 주 로웰에서 보냈던 어린 시절에 대한 이야기는 『길 위에서』만큼의 인기가 없다. 그가 쓴 하이쿠나 시집들, 셰익스피어나 셀린에 대해 기고한 글들, 잡지에 쓴 SF 단편, 아직 알아주지 못하는 문체의 가능성에 대한 장광설. 문학적 광기에 자신을 맡긴 무명작가의 신성한 자포자기. 그런 것은 언제나 케루악을 읽지 않아도 알 수 있는 것들—66번 도로, 비트 세대, 재즈와 약물 이런 단어들—에 압도되어 버린다.

『다르마 행려』에 대해 얘기했을 때 누군가는 '양놈들'이 동양사상에 대해 쓴 건 별로 좋아하지 않는다고 했다. 『길 위에서』에 대해 얘기했을 때 누군가는 미국의 철없는 젊은이들의 일탈 이상으로 받아들이지 않았다. 그것이 미국이다. 거꾸로 미국에 있을 때 원서로 재밌게 읽었다는 한국인은 그게 한국어로 번역이 가능하냐며 재미있어 했다. 마치 미국인 같은 제스처로. 그런 것이 미국이다. 아예 차단하거나 아예 동화되거나……, 하나의 영혼이 중앙아시아든, 유럽이든, 아프리카든 어디에서 떨어져 겪은 것들—더군다나 미국에 떨어져 겪은 것들—을 한국에 사는 한 영혼이 공감하기란 쉽지 않다. 영혼도 결국 각자 어느 국가에 속해 있는 것이다.

얼마나 많은 밤, 나는 케루악을 뒤적이며 그 영어로 쓰인 문장의 몇 소절이 내가 어린 시절에 한 번쯤 느꼈던 것, 하늘을 흘러가는 구름이나 지는 해를 보며 느꼈던 것과 똑같다는 생각을 했던지. 겨울에 꽁꽁 얼어 썰매를 끌고 집으로 돌아오던 길의 묘사는 얼마나 내 어린 시절 같았던지. 휴게소의 화장실에서 말 한마디로 친구와 틀어진 그 절망감을 묘사한 장면은 얼마나 미묘하고, 실감났었던지.

나는 그런 걸 쓰는 영혼을 이해한다고, 이해할 수 있다고 생각했다. 그래서 그 영혼을 옮겨보려 했던 것이었다. 그러나 그 모든 것을 미국적인 것이 감싸고 있었다. 미국인이 아니고서는 옮기지 못할 어떤 부분이 있다는 위압감, 그 책에는 미국인이 아니면 알기 힘든 뭔가가 있다는 위압감. 게다가 한국인으로서 미국에 대해 느낄 수밖에 없는 거부감도 풍겼다. 한국에서 '난 미국이 좋아.'라고 할 때의 그 촌스러운 오해들. 노예근성. 값싼 자본주의의 냄새.

내가 책상 옆에 지도를 붙이려다 망설였던 것은 그래서였던 것 같다. 나는 지금 한 번도 가보지 않은 그 아득한 지명들을 들여다보고 있다. 지도를 자세히 본 자는 때로 그곳 주민보다 지리를 더 잘 아는 경우도 있다는 희망 섞인 상상을 해보면서 말이다.

11

오늘 저녁에는 카페 옆자리의 아주 절묘한 풍경을 보고 '어서 집에 가서 적어야겠다.'고 생각했다. 그러나 버스 안에서 그 '적는 행위'가 무엇인지 생각해보게 되었다. 뭘 위해서 적으며, 그 적는 것은 대체 뭐란 말인가. 그건 작품이라 할 수도 없다. 그저 인생의 절묘한 순간에 유달리 관심을 갖는 자의 수집품일 뿐.

　인생의 어느 장면이든 여러 형식과 분량으로 쓸 수 있겠지만 나는 보통 수첩에 짧은 몇 줄로 적는다(그리고 발표는커녕 아무에게도 보여주지 않는다). 소설을 쓰는 이들은 같은 이야기로 여러 페이지를 쓸 수 있을 것이다. 그러나 그런 '구축의 과정'은 내게 조바심을 가져올 것이다. 내가 장문의 체질이라면 그 조바심을 버티겠지만, 그렇지 않으니 자연히 짧은 글을 택하고 있다는 걸 알게 되었다. 첫 줄을 쓰고, 몇 줄에 이르면 리듬이 알아서 이야기의 형식을 만들어내며 즐겁고 산뜻한 과정을 남긴다. 그건 하루의 흐름에도, 체력에도 별 영향을 주지 않는다. 가벼운 산책 정도?

　그러면서 다시 케루악을 생각하게 된다. 케루악도 강박이 있었을지 모른다. 그도 처음에는 구축된 소설로 시작했었지만, 다소 강박적인 성향이 글쓰기를 리듬에 맡기는 쪽으로 가게 했으리라. 내가 하는 식의 메모에 운동선수 출신의 왕성한 체력을 더해 방대한 양으로 남겼던 것이다. 이런 글쓰기에 필요한 유일한 것은 생생한 장면이고, 그는 자신의 삶을 장면으로 활용했다. 삶을 살다 풍성한 이미지가 생긴 시점에 그는 자리에 앉아 리듬이 이끄는 대로, 어디를 시작점으로 해야 할지 괘념치 않고, 의도치 않게 생겨나는 절묘한 전개에 감탄하며 썼을 것이다.

　그러나 모든 소설가가 어느 정도 '신들린 집필' 과정을 거친다는 점에서 리듬에 실려 신들린 듯 썼다는 유의 표현은 케루악을 표현하기에 충분하지 않다. 오히려 그가 자신의 글쓰기를 수정하기 싫어했다는 점(물론 그래도 꽤 수정했다)이 그를 더 잘 증명해줄 것이다. 그의 초고는 그 자체로 일회적인 완벽한 것이었고, 하나의 퍼포먼스, 마음에 들지 않더라도 어느 한쪽을 수정할 수 없는 유기체였다. 뼈대를 기준으로 어느 지점을 수정하는 게 아니라 풍뎅이처럼 겉껍데기가 뼈대인 상태.

　나는 많은 백과사전들이 잭 케루악의 작품의 특징으로 '맥락 없는 소설을 썼다.'라는 표현을 쓰는 데에 분개했었다. 맥락이 없다니, 얼마나 사기꾼처럼 보이는가(이름은 유명하지만, 사실 작품을 보면 맥락도 없다?). 그러나 맥락이 없다는 것은 일면 맞는 말이다. 그는 플롯을 기준으로 따라가며 글을 쓰지 않았다. 그저 생생한 인생의 장면들이 있고 목소리의 리듬에 실려 가며 어떤 것은 줌인을 하고 어떤 것은 줌아웃 하는 방식을 썼던 것이다.

이 모든 것을 집에 와 또 주절주절 늘어놓고 있으니 룸메이트가 물었다. "그럼 그렇게 몰아서 글을 썼으면 나머지 시간엔 뭘 했을까? 술을 마신 건가?" 그는 당연히 돌아다녔다. 그는 메모장을 든 채 많이 돌아다녔다. 하지만 그게 케루악 작품의 위대한 면을 모호하게 가리는 면이기도 하다. 그의 작품은 '파란만장한 경험 + 독특한 문체'로 되어 있다. 물론 '파란만장'에 열광하는 75%가 있다. 그러나 소설만큼 파란만장한 이야기들이 흔한 세계가 없다 보니, 그의 문체의 진가를 모르는 이들은 이 경험이 뭐가 그리 대단하며, 그마저 이렇게 '무성의해 보이는' 방식으로 썼나 생각하게 되는 것이다.

그의 글쓰기에서 핵심 중 하나는 같은 경험을 어떻게 쓰느냐였다. 다양한 기법으로 솜씨 좋은 이야기를 구축하는 소설에서 어느 순간 시작해 리듬에 실려 가는 소설로, 목소리의 힘으로 나아가는 산문으로. 자서전도 장시도, 에세이도, 뭣도 아닌 (그래서 더욱 현대적인) 글쓰기. 그리고 그것이 미 문학이 막 현대로 가는 어느 시점에 발표되었던 것이다.

저자의 메일

* 2개의 원고묶음을 발송한 저자가 당시 편집자에게 보냈던 메일

편집자님,

아무래도 원고 작업을 몇 주 쉬어야 할 것 같습니다. 괜히 기다리실까봐 먼저 메일을 드리는 게 낫겠다는 생각을 했습니다. 생각을 좀 가다듬은 뒤 다시 연락드리겠습니다. 마침 가족 일 때문에 여행을 다녀와야 할 일도 겹쳤고요.

지난번 주신 조언은 잘 읽었습니다. 원고 전체를 모아놓고 다시 읽어보니 어떤 점을 지적하신 것인지 비로소 이해가 되

더군요. 아무래도 제가 '한 번의 빠른 움직임, 아니면 나는 끝'에 너무 매달려 있었던 것 같습니다(이건 케루악의 『빅서』에 나오는 문장입니다).

그럼 다녀와서 생각이 정리되는 대로 빨리 연락드리도록 하겠습니다. 어수선한 원고를 꼼꼼히 살펴주셔서 항상 감사한 마음입니다.

편집자와 K 교수의 대화

K 교수 : 그래서, 그렇게 작업이 중단되었던 건가요?

편집자 : 아, 아닙니다, 교수님. 몇 달간 공백이 있었지만 다시 원고도 주고받고 그랬습니다. 그런데 이번에는 뭐랄까 원고가…… 짧게 단상을 기록한 형태로 바뀐 겁니다.

K 교수 : 짧은 단상이요…… 마치 아포리즘처럼?

편집자 : 네, 아포리즘 같기도 하고 정확히 말하면 독서일기 같았습니다. 물론 저자도 그걸 최종 원고로 생각하셨던 것은 아니지만 보내온 글들이 워낙 파편적이다 보니 저로서는 언제 방향을 찾으실까 싶었죠.

K 교수 : 구상이 하나로 모아지지를 않았군요. 논문은 안 쓰고 자료만 잔뜩 쌓아올리는 거죠.

편집자 : 네, 맞습니다. 저자는 심지어 케루악의 저작들을

다시 좀 정독해보아야겠다며 자신 없어 하셨어요. 꾸준히 열심히 하시는데 방향이 잡히지를 않으니…… 저도 좀 답답하긴 했습니다.

원고묶음 3

* 문제의 단상 형태의 원고

150806
원칙—케루악 작품들을 다시 읽으며 떠오르는 모든 것들을 적어나갈 것. (그 과정에서 원고의 방향이 잡히리라!)

150806
『길 위에서』의 이미지와 비교하면, 케루악의 다른 작품들은 오히려 음울하고 짙은 슬픔이 깔려있는 게 대부분이다.
『빅서』: 알코올중독, 『제러드의 비전들』: 형제의 죽음, 『지하생활자들』: 사랑의 상실, 『파리에서의 사토리』: 목적

잃은 여행.

문장 속에 묘사된 삶은 때로 생기 있고 정감 있지만, 화자
는 끝이 비극일 수밖에 없는 인간의 유한성에 언제나 연민과
절망을 느낀다.

조금 밝은 분위기의 작품들 역시 절망으로부터의 구원을
탐구하는 것에 가깝다(『다르마 행려』나 기타 경전 형식의 글과 운문
들) 케루악 작품에서 기쁨과 흥미로움은 내용에 있지 않다.
오직 그의 문장 표면에 남아있다. 유한한 삶을 '경쾌하게' 적
어 내려갔기 때문이다. 이것은 마치 신나게 법석이는 공연장
이지만 모두가 슬픔을 모르는 건 아닌 그런 것에 가깝다.

150807
『제러드의 비전들』

책의 끝부분. 인부들이 형 제러드의 관 위에 흙을 덮기 시
작하자 문장이 '책을 덮었다'로 변하며 마무리되는 것은 정
말 기발하다. 제러드의 인생이 끝날 때 제러드의 인생 '이야
기'도 끝나는 것이다.

150809

『파리에서의 사토리』

몇 챕터를 정신없이 읽다 피로해져 덮었다. 때로는 술 취한 사람의 넋두리를 들어주는 느낌. 수시로 꼬리에 꼬리를 물며 길어지는 문장들. 취향과 기분, 섹스에 대한 아슬아슬한 발언들.

150810

감정의 문장 : 의미상의 모순을 못 견디는 사람들은 '최고의 것들 중 하나이다.'와 같은 표현도 참기 힘들지 모른다. 최고는 하나이지 어떻게 복수로 쓰느냐며 말이다. 그러나 케루악의 '최고의 문장들'에는 이런 모순들이 가득하다. 심지어 그가 동료들의 작품을 논평한 걸 보면 각각이 미국 문학사에서 최고이고, 심지어 한 편의 글 안에서도 두 명의 '최고'가 등장한다. 이건 왠지 좀 익숙하지 않은가? 우리가 접하는 대다수의 신간 홍보글. 그러니까 이것은 그저 감정의 문장인 것이다.

150812

케루악에 대한 반짝이고 선명한 생각들이 떠오른 순간에

만 적어나가기로 한다. 가령 머리를 감다가도, 쇼핑백을 바닥에 내려놓고서라도 한 줄 쓰는 것이다. 이 작업기의 제목은 김현을 따서 〈행복한 케루악 읽기〉?

150812

아니다. 『다르마의 일부(Some of the Dharma)』를 따서 『케루악의 일부(Some of Kerouac)』로 하는 것이 좋을지도……

150814

한 작가를 집중적으로 들여다보는 것의 장점 : 미국 작가라면, 미국 문학계의 30% 정도가 이 작가와 연관이 있다는 것을 알게 된다. 즉, 한 작가를 통해 꽤 많은 것들을 알게 되는 것.

단점 : 비교가 불가능해진다. 현미경처럼 들여다보면 어느 작품이든 매력적으로 보인다. 그 안에 모든 게 있다고 착각하게 되고, 모든 걸 그걸 통해 보게 된다.

나는 어떻게 이미 죽은 작가의 생가를 지키며 해설자로 살 수 있는지 조금은 이해하게 되었다.

150814

퀸시 존스에 대한 다큐를 보면 그가 뉴욕으로 가 무조건 비밥을 하고 싶어 하던 시기가 나온다. 이유는 비밥이야말로 당시 쿨함 자체였다는 것. 비밥에 열광했던 비트 문학을 이해하려면 '쿨'에 대한 이해가 있어야 한다.

그러나 쿨은 취향의 영역이고 변화하는 상대적 개념이다.

50년대의 힙스터들은 흑인의 인권을 옹호하는 글을 썼다기보다 그들의 몸짓, 옷차림, 약물문화 등에서 근사함을 느꼈다. 그건 흑인의 리듬감과 소울을 숭배하는 오늘날의 음악가들만 봐도 충분히 이해할 수 있다. 한없이 지적인 경지에 이른 뒤, 감각적인 것, 신체적인 것까지 이해하는 세련됨.

150815

50년대의 재즈에 대한 글이나 다큐를 기회가 닿는 대로 봐 둘 것. (비트 세대 작가들은 수시로 클럽에 가고, 음악평을 기고하기도 했던 재즈광들이었다.)

150819

소설을 단번에 몰아서 썼던 작가 중에는 한스 팔라다도 있다. 그런데 그 역시 '술꾼'이었다. 그는 알코올중독자의 심리를 생생히 묘사한 『술꾼』이라는 소설을 썼다.

그리고 그밖에…… 신의 목소리를 받아 적던 옛 예언자들이 있다.

150826

책 한 권을 한 문장인 듯 일필휘지에 쓰려는 시도. 그것은 무엇일까? 결국 이상적인 형식에 대한 고민의 발로이다. 케루악은 『길 위에서』를 3주에 썼다고 알려져 있지만, 그건 7년에 걸쳐 수많은 버전을 만들어본 끝에 택한 최후의 방식이다. 그는 이번에는 모든 걸 한 번에 써보자는 생각으로 '오리지널 스크롤'을 쓴 것이다(물론 그는 현실의 출판을 위해 편집된 버전을 여러 번 더 써야 했다).

이 시도는 현대적인 글쓰기에 큰 영향을 남겼지만, 오늘날에도 글쓰기의 대세는 '여러 번 고쳐 쓰는 것'이다. 결국 두 가지 다른 흐름은 계속 공존해온 셈인데, 시간을 두고 여러 각도에서 수정한 글이 입체파의 작품처럼 다면적인 관점의 혼합물이라면 다른 한 쪽에, 전혀 고치지 않은 첫 목소리처럼 매끈하게 문장을 뽑으려는 로망이 있다.

150826

문제는 그것이 책 한 권의 분량일 때 대성당을 단숨에 지으려는 시도와 같다는 것. 인간으로서는 분명 한계에 다다르게 된다. 이런 작가들이 알코올과 커피, 각성제에 손을 댄 것은 기분보다는 체력의 관점에서 볼 필요가 있다. 그들은 결국 '몸 버리는 짓'을 감행한 것이다. 무엇을 위해? — 자연에 가까운 문체를 위해. 모든 인공적인 걸 걷어낸 문장을 위해.

150831

케루악을 언급한 국내 출간서들을 모아볼 것.
위키피디아 한글판 케루악 항목을 보충할 것.

150903

『케루악, 로키 마운트의 비전들(Kerouac : Visions of Rocky Mount)』 몇 페이지 읽음. 아마존에서 겨우 6만 5천 몇 위 정도를 기록하고 있지만 귀한 책이다. 별표를 꽉 채운 독자 두 명의 리뷰도 만족스러운 편. 한때 잭 케루악이 살았었지만 이제는 지명조차 불분명한 시골 동네를 배회하며 소설 속 장소와 건물, 나무들을 촬영한 저자의 태도야말로 깊은 감명을 주는 면이 있다. 게다가 진귀한 사진 자료들……. 누군가에게는 굳이 이런 것까지 싶은 사진들이겠지만 번역가에게는 작가가 무엇을 보고 묘사했었는지 확인할 자료가 된다. 저자 존 J. 도르프너는 케루악과 천상의 비전을 공유하고 있을 또 다른 '잭', 아버지 잭 도르프너에게 이 책을 헌정한다고 쓰고 있다.

150905
『Good Blonde and Others(일종의 케루악 잡문집)』
　케루악의 칼럼들은 청탁받은 시점에 쓸 수 있는 걸 '즉석에서' 써 보낸 느낌이 있다. 마치 쓱쓱 '서명'을 해서 보낸 듯이. 이것은 분명 어떤 주제에 대해 잘 직조해낸 에세이와는 다르다. 또 흥미로운 건 이 칼럼들에서의 목소리가 소설에서의 목소리와 크게 다르지 않다는 점이다. 소설 같은 '작품'에서 칼럼 수준의 가벼움(좋은 의미의)을 유지한다는 건 결코 쉽지 않았을 것이다. 오늘날에야 그런 날렵한 문장들이 흔하지만 그때는 1950년대였다. 비트 세대 작가들이 일상의 구어체를 적극 받아들인 것이 '현대적 글쓰기'에 준 영향 중 하나라는 이야기를 어디서 읽은 듯하다.

150905

마일스 데이비스에 대한 다큐를 보았는데, 당시 재즈 공연
장이 있던 거리에는 클럽마다 외부 스피커를 설치해 밖에서
도 들을 수 있었다고 한다. 케루악의 산문「비밥에 대하여」
에 나온 스피커가 이걸 말하는 것이었다!

150906

『길 위에서 : 오리지널 스크롤』

이건 국내에 번역된 1957년 판 『길 위에서』와 다른 책이
다. 그렇다면 이 판본은 국내에 별도로 소개될 수 있는 걸까?
별도의 저작권 계약도 가능하고?

그러나 다른 판본에까지 누가 관심 있을까!

150906

케루악 작품의 주제를 요약하자면 '인생에 대한 이야기'
이상도 이하도 아니다. 인생에 열광했던 작가가 자신이 쓸
수 있는 것은 뭐든지 썼던 것. 케루악이 국내에서 인기가 없
다면 이것이 그 이유 중 하나가 아닐까? 한국문학은 '사회'에
관심이 많다. 물론 사회도 인생이지만 사회가 인생인 것은

아니다. 확실히 우리나라에서는 누군가 인생 이야기를 하면 '너무 개인적'이라고 받아들이는 것 같다.

150908

『파리에서의 사토리』

파리에서 '셰익스피어 앤 컴퍼니'에 들렀던 친구가 이 책을 사다줬을 때 얼마나 기뻤던지. 첫 장에 서점의 도장까지 받아왔다. 그 친구는 비트 작가들이 한동안 파리에 머물렀었고, '셰익스피어 앤 컴퍼니'의 옛 자리에 드나들었었다는 것, 그들이 묵던 라틴 가의 한 호텔이 '비트 호텔'이라 불리는 것은 몰랐다고 했다(그곳에서 버로스의 『네이키드 런치』와 긴즈버그의 『카디쉬』 일부가 태어났다). 그저 그날 매대에 이 케루악 책이 있어 내 생각에 사왔다고 했다. 고마운 친구. 그러나 나중에, 그 서점 벽에 『길 위에서』의 초판본이 진열되어 있었다는 것을 '웹에서 보고' 얼마나 땅을 쳤던지.

150909

케루악에 대한 관심이 예전 같지 않아 걱정이다. 하긴 뭐가 걱정인가. 케루악이 뭐라고. 그는 수많은 작가 중의 한 명일 뿐이다.

150909

케루악과는 조금 거리를 두고 살며 작품세계와 관련한 선명한 접점이 생겨날 때마다 이렇게 짧게 적는 편이 오히려 객관적인 해설을 쓰는 데 도움이 될지 모르겠다. 물론 그의 작품에 한창 열광했을 때는 훨씬 더 잡다하게 아는 게 많았다. 하지만 그 속에서 허우적댔을 뿐 어디에서 시작해야 할지 몰랐다.

150911

읽어야 할 게 늘어나고 있다. 비트 세대 작가들은 함께 어울려 다니던 친구들이라 서로의 작품에서 다른 작가의 중요 단서들을 찾게 될 때가 많다. 가령 앨런 긴즈버그의 시집『울부짖음』첫 장 헌정사를 보면 케루악과 버로스가 어느 정도의 무명 작가였는지 피부로 다가온다. 그들은 이미 여러 권의 책을 써둔 상태였지만 완전히 무명이었고, 서로 격려를 해주던 사이였다. 심지어 작품이 아무 곳에서도 출판되지 않아 '천국에서 출판되었다'고 쓰고 있다.

150913

니체의 『바그너의 경우』를 읽었다. 이 위대한 철학자의 글은 어떻게 보면 19세기 버전 '광팬'의 글처럼 보인다. 심지어 서문에 이렇게 쓰고 있다. "아마 어떤 사람도 나보다 더 위험하게 바그너적인 것에 밀착해 있지는 않았고……." 몹시 통렬한 비판 안에는 '나는 너를 충분히 깊게 사랑했기 때문에 이렇게 비판할 수 있는 것이다.'라는 태도가 담겨 있다.

150917

『블루스 모음집(Book of Blues)』

이 책의 시들은 형식의 제한을 받고 있는데, 그 형식이란 바로 케루악이 가슴팍의 주머니에 넣고 다닌 노트의 한 페이지 크기이다. 그는 재즈 연주자들이 노래 한 바퀴(코러스) 길이에 맞춰 즉흥 연주를 하는 것에 착안해 한 페이지를 노래 한 바퀴로 상상했다. 시들은 다음 페이지에서 한 바퀴 더 이어지기도 하고, 페이지가 바뀌며 다음 시에 자리를 넘겨주기도 한다. 그가 시들마다 제목 대신 'XX 번째 코러스'라고 붙여둔 것은 그런 이유이다. 가령 '샌프란시스코 블루스'는 80개의 코러스로 이루어져 있다. 그는 샌프란시스코의 어느 길

목에 서서 '샌프란시스코'라는 곡을 80바퀴 연주한 셈이다.

150917

노트 혹은 필기 마니아로서의 케루악도 다루어볼 것.

위키피디아 수정이 반려되었다. 출처 불분명이라니, 이유가 무엇인지 찾아보고 있다.

150918

『샌프란시스코 블루스(San Francisco Blues)』는 길목에 서서 쓴 게 아니라 모텔 창밖을 내다보며 쓴 거라고 한다.

150922

『다르마의 일부』

이 불교 공부 노트에는 작품 구상도 언급되어 있는데, 재밌는 부분이 있다. 케루악은 자신이 '둘루오즈(작가의 페르소나) 연대기'라는 제목 하에 쓰고 있던 작품들에 대해 잠시 이렇게 불평하고 있다. 만물은 시간의 구애를 받지 않는데, 왜 내가 연대기 따위를 신경 써야 하지?

혼자 구상하고 혼자 회의에 빠지는 무명작가의 삶.

150923

무엇이든 길게 풀어낼 준비가 되어있는 작가에게 중요한 것은 분량이다. '뭘 쓸까요?'가 아니라 '얼마나 쓸까요?'.

150928

디자인 서적들을 판매하는 서점에서 사진집 구경. 케루악이 서문을 쓴 로버트 프랭크의 『아메리카』를 살까 했지만, 그 책은 워낙 유명하고 또 기회가 있을 것 같아 『풀 마이 데이지』를 샀다. 케루악, 긴즈버그 등이 출연하고 로버트 프랭크가 제작한 단편영화의 스틸과 대본이 실린 작은 책. 나레이션을 케루악이 쓴 데다 공동으로 쓴 시 「풀 마이 데이지」가 실려 있다. 계산을 도와주던 주인이 이 책은 처음 팔렸다며 신기한 표정으로 '혹시 영화를 하세요?'라고 물었다. 나는 잠시 머뭇댔지만, 아니라는 말 외에는 할 말이 없었다.

그건 그렇고, 「풀 마이 데이지」는 여러 명이 한 줄씩 쓰되 바로 직전 사람이 쓴 것만 보고 운을 맞춰 이어가는 넌센스 시이다. 어렵게 말하면 초현실주의이고, 쉽게 말하면 산으로 가는 것이다.

'이어쓰기' 하니 떠오르는 책이 또 있다. 『그리고 하마들은 그들의 수조에서 익어버렸다(And The Hippos Were Boiled In Their Tanks)』. 비트 세대 작가들의 초기작으로, 친구였던 루시엔 카가 저지른 살인사건을 다루고 있다. 사건에 연루되어 앞뒤 사정을 잘 알았던 윌리엄 버로스와 케루악이 함께 집필했는데, 한 챕터씩 번갈아 맡은 형식이 독특하다. '이제는 전설이 된 두 작가의 초기 문체를 맛볼 수 있는 희귀작'이니 혹시 국내 출판이 가능할까 싶기도 하다. 그러나 콜라보 작품 중에는 오히려 각자 쓴 책만큼의 인기가 없는 경우가 많다. 더구나 이 책은 둘 모두의 유명한 문체가 아직 피어나기 이전의 작품이다.

아무튼 1945년에 집필된 이 작품이 60여 년이나 지나 출간된 건 주인공 루시엔 카가 출간을 맹렬히 반대했기 때문이다. 『올드 앤젤 미드나잇』도 루시엔 카에게 헌정되었던 작품으로 원래 '루시엔 미드나잇'으로 하려던 걸 카가 반대해 제목을 바꿨다고 한다. 당연히 루시엔 카에게는 잊고 싶은 시기였겠지…….

웃긴 것은 이 마이너한 작품(『히포』)을 영화화한 〈킬 유어

달링〉이 국내에서도 인기를 끌었다는 것이다. 루시엔 카를
연기한 데인 드한의 치명적 매력 덕분인지 웹에서 루시엔 카
를 찾아본 이들이 꽤 되는데, 루시엔 카가 사실 진정한 천재
였고 케루악, 버로스 등은 그 덕을 보았을 뿐이라는 등의 트
윗들을 보고 있자니 한숨만 나온다.

150931

트위터에 긴즈버그의 시로 여기저기 인용되고 있는 시('Be
careful'로 시작되는). 왜 이 시가 긴즈버그 전집을 아무리 뒤져
도 나오지 않는지 이제야 알았다. 이 시는 〈킬 유어 달링〉의
감독이 긴즈버그의 초기작들을 짜깁기해 만든 영화 속 '가상
의 시'였다. 이 시를 통해 앨런 긴즈버그의 시 세계가 소개되
는 현상, 긴즈버그의 시 중 가장 좋아하는 시라고 인용되는
현상. 언제까지 이런 것을 '인생이 원래 그렇게 우스운 것'이
라며 넘겨야 할까. 더 심각한 문제는 그 이상 소개되지 않는
경우도 많다는 것이다. 이건 마치 저작권료를 냈다는 이유만
으로 어떤 유명 곡을 표기 없이 쓰고, 모두가 그 곡이 원래 그
광고 음악인 줄로만 아는 그런 기만적 현상이다. 문화가 원
래 그런 거라는 것은 나도 안다. 문제는 언제나 거기에서 그

친다는 것.

151001

간밤에 아주 격렬한 꿈을 꾸었다. 상황은 잘 기억이 나지 않지만 뭔가를 격렬히 해명하는 꿈이었다. 깨고 나서 옆구리가 아팠을 정도.

151001

조금 쉬면서 거리를 유지할 것. 케루악은 잠시 잊을 것.

151004

요즘도 케루악을 읽다 보면 딱 맞는 우리말로 옮길 수 있을 것처럼 선명할 때가 있다. 그러나 몇 줄 옮기다 보면 이내 문장 이곳저곳에서 망설이며 또 다시 성급했다는 것을 깨닫게 된다.

저자의 글 중 편집자에게 보내지는 않은 한 페이지

(그저 복잡한 마음을 정리하기 위해)

편집자님께서 왜 꼭 '나'로 이야기를 풀어가야 하느냐고 하셨는데, 그건 그러니까, 이런 겁니다. 저는 질문을 받았고 최대한 솔직히 대답을 했을 뿐이라는 거죠. 물론 누군가가 정말로 질문을 던진 건 아니지만 모든 집필중인 책은 허공에서 어떤 질문을 받은 것처럼 쓰여지지 않나요? 제 경우에는 '케루악이 대체 누구이고, 그의 문학은 정확히 어떤 느낌인가?'라는 암묵적 질문을 받고 이 글을 쓰고 있습니다. 최대한 있는 그대로 쓰려다 보니 가장 편한 '나'로 쓰고 있을 뿐이고요. 솔직한 고백을 늘어놓는다고 생각해보십시오. 고백을 3인칭으로 할 수도 있겠지만 대개는 1인칭으로 하기 마련이죠. 그런 겁니다.

아 그리고, 이게 제 얘기로 들린다면 그건 오해입니다. 저는 제 인생의 많은 일들 중 케루악과 관련되었던 것들만 기록하고 있으니까요. 물론 이것도 제 인생의 일부이겠지만 제 인생 전부로 읽는다면 큰 오해입니다. 제가 지금 어떤 기분인지 아세요? 마치 누군가 공구사용법을 물어 최대한 친절히 설명해주고 있는데, '너는 공구사용법에 미쳤구나!'라는 말을 듣는 기분입니다.

게다가 이것은 픽션도 아니지 않습니까? 이런 비문학 장르에서 편한 '나'를 두고 '그 사람'을 빌어 뭔가를 써야 한다는 게 오히려 픽션스러운 발상 아닐까요?

물론 쓰다 보니 편집자님의 질문은 그게 아니었다는 생각이 떠오르는군요. 글 자체에서 제 자아가 너무 느껴진다는 말씀이시겠죠. 하지만 저의 현재로서는 어쩔 수 없는 것 같습니다. 케루악이 30세에 딱 맞는 문체를 찾았을 때 어떤 걸 깨달았는 줄 아세요? 자신이 더 이상 이전의 문체로 뭔가를 쓸 수 없다는 걸 깨달았다는 겁니다. 그게 대중성과의 결별을 의미한다는 것도 알았지만 그래도 어쩔 수 없었답니다. 그러니까 뭐랄까, 이미 차원이 변했고 이전 건 너무 시시해진 것이죠. 억지로 쓸 수야 있겠지만, 생각해보세요. 스스로 흥미로운 걸 두고, 흥미롭지 않은 수만 단어를 쓴다는 것, 그건 인생의 낭비입니다.

사람들은 창작의 과정이 선택이라고 알고 있겠지만 그건 오히려 지독한 운명이라고 표현하는 게 맞을 겁니다.

원고묶음 4

1957년 이전의 케루악
(케루악의 일대기를 정리하기 위한 스케치)

1.

1953년 겨울, 32세의 케루악에게 상황은 우울하기만 했다. 든든한 패거리였던 앨런 긴즈버그와 윌리엄 버로스가 멕시코와 모로코로 떠난 상태였고, 『지하생활자들』의 모델이 된 마르두 폭스와의 연애마저 끝난 상황이었다. 텅 빈 뉴욕에 남은 그는 마지막으로 『길 위에서』의 원고를 되살려보려고 애를 썼다.

스스로가 찾아냈다고 확신한 '글쓰기'가 반려된 지 2년째, 그의 자존심은 바닥나 있었다. 자신이 쓴 소재가 그다지 대중의 흥미를 끌지 못할 수 있다는 것은 그렇다 치고 '새로운 집필방식'의 가능성만큼은 믿었기에 더욱 절망스러웠다. 그는 자신이 그저 시대착오적이었는지, 시대를 너무 앞서가 버린 것인지 알 수가 없었다. 좀 더 평이한 문체였던 데뷔작 『마을과 도시』가 좋은 평을 받았다는 사실마저 되려 절망감을 더할 뿐이었다.

게다가 이 시기 케루악에게는 반려된 원고가 하나뿐이 아니었다. 『길 위에서』가 세간의 주목을 받게 되는 1957년까지 그는 자그마치 12권의 작품(픽션 8개, 4종류의 시편들)을 썼다. 그는 말하자면, 채택되지 않은 12권의 초고를 지닌 작가였다(케루악의 출간목록을 집필년도 순으로 배열하면 1951-1957년 사이에 몰려있다는 것을 알 수 있다).

1954년 닐 캐시디와 머물며 생활비도 벌 겸 캘리포니아 주 새너제이로 간 그는 철도조차장 일과 주차장 일을 얻었지만 결국 적응하지 못하고(그는 다리 부위에 정맥염을 앓았다) 캐시디의 집에 얹혀 지내는 신세가 된다. 낮에는 닐의 집에 있다 저녁에 그가 퇴근하면 토론에 돌입했고, 새너제이 공공도서관에서 『월든』을 읽다가 소로우가 언급한 힌두 철학에 관심을 갖게 되어 불교 경전을 탐독하게 된다. 이때부터 케루악의 진지한 불교공부가 시작되는데, 예언가 에드가 케이시의 신비주의에 심취해 있던 닐과 좁혀지지 않는 논쟁을 벌이는 밤이 이어졌다(이때의 대화를 테이프로 녹음한 것 일부가 『코디의 비전들』에 들어있고, 이 시기는 『다르마 행려』의 초반에 등장한다).

그는 머지않아 멕시코에서 돌아올 앨런 긴즈버그에게 자신이 배운 깨달음을 전해주려고 메모들을 타이핑했고(훗날 『다르마의 일부』의 일부가 될), 생활비나 견해 차이 등등으로 신경이 날카로워져 결국 샌프란시스코의 빈민가 모텔로 나오게 된다. 이때 쓸쓸한 호텔 창밖의 풍경을 적어 내려가며 쓴 시들이 『샌프란시스코 블루스』이다.

2.

다시 뉴욕으로 돌아온 케루악은 어머니와 지내며 월세를 보태려고 잠시 브룩클린의 부두에서 일한다. 그렇지만 또 다시 집에 처박혀 정맥염이 심해진 다리에 붕대를 감은 채 원고들을 타이핑한다. 이즈음, 그의 머리에 떠오른 생각이 머지않아 엘파소로 가 접시 닦는 일이라도 하자는 것. 그는 자신의 운명이 결국 멕시코로 가 흙벽돌집에서 최소한의 생활비로 지내며 불교 수행을 하는 것일지 모른다고 생각한다.

54년 여름에는 집에서 『샌프란시스코 블루스』를 타이핑하고 2년째 적어온 꿈 노트인 『꿈의 기록』 집필을 계속한다. 그리고 별 연락이 없던 리틀브라운 사에서 6개월 만에 원고를 반려해 오자 한 해 전, 호의적이었지만 일부 수정을 제안했던 편집자 말콤 코울리의 조언(출판사들에 잘 보이려면 일단 문예지들부터 공략하자는)을 따르기로 한다. 그는 코울리의 말에 따라 뉴월드라이팅 사에 보내기 위해 『길 위에서』와 『코디의 비전들』 원고 일부를 합쳤고, 멕시코에서의 일화 부분을 떼어 《파리 리뷰》에 보냈다. 그리고 자신이 완벽하다고 생각했던 『길 위에서』의 초고를 끝내 수정하기 시작했다(훗날 케루악이 초고를 출판했다고 놀린 이들은 실제의 과정을 오해한 것이다).

《파리 리뷰》에 보낸 원고로 그는 지난 몇 년간의 글쓰기 수익을 합친 것보다 많은 120달러를 받게 되고 1955년 그해의 '베스트 스토리'로 뽑히기도 한다. 그러나 자신보다 먼저 비트 세대를 다루어 성공한 친구 홈스(John Clellon Holmes)를 흥

내 내 자기 세대 이야기로 돈을 번다는 인식이 꺼려져 프랑
스식 본명인 '장 루이'를 필명으로 썼다.

3.

1954년 가을, 대륙 횡단 대신 어린 시절의 동네에 다시 가
보기로 하고 메사추세츠 주 로웰을 방문한다. 모텔을 잡고,
매일 동네 이곳저곳을 걸어 다니던 중 단어 '비트'와 '비티튜
드(천상의 행복)'가 겹쳐지는 경험을 한다. 결국 닐에게 깊은
연민을 느끼고 화를 푼 그는 닐의 집필을 돕기로 한다. 원고
를 보내준다면 자신이 타이핑해 다시 보내주는 일을 맡겠다
고 캐시디에게 연락을 한다.

4.

1954년 겨울에서 1955년 봄. 어머니와 함께 누나의 가족
이 사는 로키 마운트에 머물며 7살짜리 조카를 돌보는 일을

맡는다. 에이전트였던 스털링 로드가 크노프 사에서 원고를 살지도 모른다고 요청해 『길 위에서』를 다시 타이핑해 보내주지만 크노프 사에서 주제가 너무 제한적이라고 반려.

주변의 자연 속에서 명상에 집중하며 붓다의 이야기인 『깨어나라』를 집필하는 등 안정을 되찾는다. 그러나 독실한 가톨릭 신자인 어머니에게 불교 얘기를 너무 많이 하다 화를 돋우고 매형으로부터도 그만 일자리를 구하라는 압박을 받는다.

불교 경전 『섭대승론』 불어판을 영어로 옮겨보다 번역으로 돈을 벌 수 있을지 모른다고 생각. 번역원고를 모은 『붓다가 우리에게 말한다』를 출판사에 보내지만 반려. 철학 도서관에 기증하려던 계획도 무산.

5.

1955년 6월, 편집자 로버트 지록스가 『닥터 색스』를 읽고 훌륭하지만 출판되기는 힘들다고 말함.

에이전트 스털링 로드가 『지하생활자들』을 크리테리온 프레스에, 『닥터 색스』를 눈데이 프레스에 보내지만 모두 반려.

심해지는 음주벽을 끊지 못함.

앨런 긴즈버그에게, 불교 관련 핸드북을 쓰고 나면 '빌(윌리엄 버로스)의 비전들'을 쓰고 싶다고 편지. 또 멕시코 국경 지역에서 살면 일주일에 10달러 정도만 쓰면서 가끔 버스로 뉴욕에 오거나 배로 모로코에 갈 수 있다고 제안.

불교에 일말의 관심도 없던 탕헤르의 버로스에게는 곧 함께 완성하자며 SF 풍자소설 『도시 도시 도시』의 단편 버전을 보냄.

6.

1955년 여름의 희소식. 편집자 말콤 코울리의 설득으로 드디어 바이킹프레스 사가 『길 위에서』를 구입하기로 결정. 코울리에게 편집 과정에서 까다롭게 군 것을 사과. 코울리가 미국예술문학아카데미 기금 200달러를 받게 해주어 다음 작품에 착수할 여유를 갖게 됨. 갑자기 넉넉한 상태로 멕시코 행.

전에 알고 지내던 마약중독자 빌 가버의 느릿한 독백을 들으며 시집 『멕시코 시티 블루스』 집필. 가버의 마약 공급책이었던 멕시코 여성을 모델로 『트리스테사』 1부 집필.

샌프란시스코에서 긴즈버그가 보내온 시의 초고를 보고 깊이 감명 받아 '너의 울부짖음 잘 받았어.'라고 답장을 보냄. 이 '울부짖음'이 훗날 긴즈버그 시의 제목이 됨(버로스의 『네이키드 런치』라는 제목도 케루악의 아이디어).

가을, 긴즈버그에게 '샌프란시스코 거리에 우리의 시를 부르짖자 - 지진을 예언하자!'라는 편지를 보낸 뒤 샌프란시스코로 출발.

편집자와 K 교수의 대화

K 교수 : 편집자 나름의 가이드 같은 것도 좀 주셨을 거 아니에요.

편집자 : 네, 계약을 위한 대략의 목차도 만들어두었고. 어차피 샘플 원고는 책 분위기를 보기 위한 거라 이미 충분했습니다.

K 교수 : 그런데 저자 분과 어떤 갈등이라도 있었나요?

편집자 : 아니요, 그런 것은 아니고요. 저희는 어떻게든 이 책의 방향을 잡고 작업을 시작해볼 의지가 있었습니다. 임프린트만 없어지지 않았어도 말입니다.

K 교수 : 저런…… 그런 일도 있군요. 저자 입장에서는 편집자의 회사가 사라진 거잖아요.

편집자 : 네, 제가 뭐 어떻게 할 수 있는 일이 아니었지만

저자 분께는 너무 죄송했습니다. 교수님께서도 보셨겠지만 원고에도 번역 시도가 무산되었던 경험이 나오잖아요. 제가, 회사에서 나오더라도 주변에 원고와 잘 맞는 출판사가 있으면 꼭 소개하겠다고 약속을 드렸는데, 솔직히 조금 민망한 위로였지요.

K 교수 : 저런, 그랬군요……. 아무튼 제가 그 원고를 읽고 있다는 게 조금 희한한 기분이 드네요. 저는 이렇게 읽다 보니 글이 아깝기도 하고, 어떻게 손을 조금 보면…… 캐주얼한 지면에 게재해도 되겠다는 생각이 들더라고요. 요즘은 형식면에서 한결 자유로운 시도들이 많잖아요.

편집자 : 아, 교수님이 보시기에 그렇던가요? 저는 뭔가 기대를 했다기보다 그저 교수님께서 웹진을 준비하신다는 말씀 듣자마자 왠지 모르게 이 원고가 떠올랐습니다. 바쁘실 텐데 읽어주셔서 감사합니다.

K 교수 : 감사하긴요. 흥미로운 원고를 보여주셔서 제가 감사하지요.

원고묶음 5

* 출간이 무산되던 날, 저자가 출력해 왔다가 꺼내지 못한
원고

1.

한 편의 원고를 두고 끙끙대본 사람이라면 알 것이다. 몇
자 되지도 않는 문장들을 쓰는 것이 왜 그리 고역이며 아득
하게 느껴지는지, 온갖 작법들은 왜 별반 도움이 되지 않는
지, 간밤에 쓴 문장들은 왜 다음 날 부끄러운 것이 되어 있는
지, 또 어차피 처음의 원고로 돌아올 것을 왜 항상 세 차례나
갈아엎곤 하는 것인지…….

2차 대전이 끝난 지 얼마 되지 않았던 1950년대 초, 배낭을 메고 미국의 이곳저곳을 여행하던 젊은 작가 잭 케루악에게도 이런 답답함은 마찬가지였다. 그는 이미 『마을과 도시(1950)』라는 두툼한 소설을 출간해 좋은 평을 받았지만, 더 이상 그런 형식을 반복할 생각은 없었다. 그 책은 10대 시절 흠모했던 작가 토머스 울프의 문체를 따른 것이었다. 심지어 그는 울프의 편집자(헤밍웨이와 피츠제럴드의 편집자이기도 했던) 맥스웰 퍼킨스에게 직접 책을 맡기고 싶어 같은 출판사에 원고를 보냈다 편집자가 이미 작고했다는 얘기를 듣기도 했다.

여전히 울프는 그의 영웅이었지만, 문제는 20대의 여러 경험들과 함께 그의 삶에도 변화가 있었다는 것이다. 삶은 시간을 따라 새로이 펼쳐졌고, 그가 느끼고 본 것들은 어딘가 좀 더 새로운 글쓰기를 요구했다. 전 세대의 위대한 현대작가들이었던 헤밍웨이나 피츠제럴드보다도 새로운 문체, 완전히 동시대적인 문체가 필요했다. 그러나 그가 답답했던 것은 무언가 더욱 새로워야 한다는 것만 느꼈을 뿐 그 새로움이 아직 보이지 않고 있다는 점이었다.

1947년 서부로 첫 횡단여행을 떠난 이래 그의 생활은 점점 더 방랑에 가까워졌다. 많은 작가들이 바깥의 삶을 경험하고 집에 돌아와 타자기를 두드리지만, 그는 아예 봄부터 가을까지 전국을 여행하고 와 겨울에 책상 위의 메모들을 타이핑했다. 집을 떠났다 다시 돌아오길 반복하던 어느 시점부터 〈길〉이라는 가제의 원고가 생겨났는데, 그 글은 그가 무척이나 특별하다고 생각하게 된 한 인물에 관한 것이었다.

그 인물은 이전까지 뉴욕에서 만났던 괴짜 지식인들과도 달랐고, 서부의 빈민가에서 혼자 거친 삶을 헤쳐 왔음에도 삶에 대한 강한 열정과 흥미를 뿜어내고 있었다. 닐 캐시디, 그가 바로 케루악에게 첫 횡단여행을 부추긴 인물이자 스스로도 작가가 되고 싶어 했던 뉴페이스였다.

케루악은 뉴욕을 찾아왔던 닐을 본 지 얼마 안 되어 그가 미국의 새로운 화신, 미국이 전쟁을 거치며 잃어버린 어떤 긍정적 인물형이라는 것을 알아보았다. 그는 닐의 에너지와 말투, 몸짓을 면밀히 관찰했고, 그의 무모한 모험을 따라 다녔으며, 닐에게도 스스로 글을 써볼 것을 권유했다. 그는 20대의 후반을 닐과 함께 돌아다니며, 그들이 겪은 새로운 일들이 자신들의 문체에서도 발현되기를 기다렸다.

이것이 1951년 작가 케루악이 문제의 '타이핑'에 착수하기 전까지의 상황이다.

2.

항간에 알려진 이미지대로 『길 위에서』가 케루악이라는 광기어린 미국 작가가 약을 한 상태로 마구 쏟아놓은 단어들 이라고 말하는 것은 그의 '책들'을 진지하게 읽어보지 않은 이들이나 하는 이야기이다.

1951년 3주에 걸친 타이핑을 시작하기 전까지 그는 수년 간 자기 문체를 분석해 온 상태였고, 자신이 연습한 여러 문체들에 이름을 붙여보기도 했다. '스케치(혹은 자연발생적 문체)'는 그 중 거의 최종 버전(?)에 해당하는데, 바로 눈앞에 있는 이미지(마음속에 떠 오른 이미지도 포함)를 빠르게 묘사할 때 생기는 리듬의 에너지에 적절한 어휘와 다음 문장의 착상을 맡기는 방식이었다. 그는 다음날에도 여전히 그 문장(초고)이 만족스럽다는 것에 기뻐하며 주변인들에게도 그렇게 써 볼 것을 권했고, 자신이 흠모하던 즉흥 연주자들처럼 끝없는 문장을 생산할 수 있게 되었다는 데 흥분했다. 눈앞의 대상이 즉흥적으로 단어들을 선사해주는 방식, 가장 단순하면서도 가장 설명하기 어려운 그 방식이 『길 위에서』의 한 축이었다 (여기에 더해지는 한 가지는 비슷한 시기 닐 캐시디가 보내 온 장황한 편

지 한 통이었다. 오늘날 '조안 앤더슨 편지'로 불리는 그 문서는 문학을 의
도한 것도 아닌데 자신도 모르게 문학에 기여를 하게 된 행운의 편지였
다)

케루악에게 왜 '속도'가 그리도 중요했는지를 알기 위해서
는 이런 맥락을 알 필요가 있다. 그는 나름의 숱한 실험 끝에
글쓰기의 미궁(온갖 문법을 체크하고 적절한 단어를 바꿔 넣다 감흥
마저 다 날아가 버리는 미궁)을 해결할 방식을 찾았고, 이제 남은
것은 방대한 경험을 묘사하는 동안 자신의 몸이 일정 속도를
유지할 환경을 갖추는 것뿐이었다.

이것이 1951년, 갈아 끼우느라 멈출 필요가 없도록 길게
이어붙인 타자용지 앞에서 케루악이 생각했던 것이었다. 그
는 맑은 정신을 유지하기 위해 커피에 타 마시는 각성제를
준비해둔 채 지난 7년간의 기억을 쓰기 시작했다.

3.

그의 책들이 60년대의 히피 세대에게 경전으로 읽혔다는
문구만 보고 그의 글을 낭만적인 한량의 한가한 방랑기 정도

로 생각하는 것은 그의 책을 읽어보지 않은 이들의 이야기일 뿐이다.

케루악은 비록 대학을 중퇴했지만 꽤나 진지한 뉴욕의 작가 지망생이었고, 그의 주변에는 풍성한 교양을 지닌 번뜩이는 지성들이 있었다. 그중 상당수가 2차 대전 때 나치를 피해 온 유럽의 작가와 예술가들에게 배우기도 했고 미국과 유럽의 전통을 두루 경험할 수 있는 환경에 있었다.

그러나 당시의 미국은 여러 가지로 어수선한 과도기였다. 케루악의 표현을 빌리자면 전쟁 전의 미국은 대공황을 겪는 동안에도 수많은 유쾌한 재담가와 코미디언들, 만화잡지로 이루어진 역동적인 세계였다고 한다. 그 대부분이 전쟁으로 죽고 오로지 물질에 대한 집착과 따분한 문명으로 치닫게 된 것이 미국이라고 케루악은 생각했다.

어느 나라나 그렇듯 전쟁에 돌입하면 국가 전체가 전시체제로 전환된다. 기업들은 군수물자를 생산하도록 시스템을 바꾸고, 다양하고 자유로운 표현은 억압된다. 많은 사람들이 징집되었고, 비록 참전하지 않은 미국인들도 유럽대륙에서 전사한 친지나 가족들의 소식을 들어야 했다.

케루악은 참전할 나이가 아니었지만 징집으로 인해 썰렁

해진 컬럼비아대학에서 전시의 공백기를 경험했다. 그 뒤 숭숭한 분위기의 뉴욕에서 만났던 괴짜 문학도들이 훗날 비트 세대로 불리게 되는데(히피 세대가 수많은 다수를 가리킨다면 비트 세대는 소수 작가군의 별명 같은 것이다), 케루악이 뒤늦게 해군에 입대한 것도 이 무리 중 한 명이 친 사고에 연루되어 오늘날도 그렇듯이 '군대나 가게' 되었던 것이다. 그는 곧 배에서 게으른 병사로 낙인찍혀 전역하게 되고, 자유로이 방랑자로서 바다를 경험한 위대한 작가가 되는 꿈을 품기 시작한다. 그는 친구들 사이에서 유일하게 상선을 타본 적이 있는 경험 많은 인물이었고(그러나 뉴욕의 지식인들 기준에서 그랬던 것이다) 대학가 근처에 얹혀사는 무명 소설가였다.

그의 가족이 볼 때, 그는 지방의 이민자 동네에서 모처럼 공부도 잘하고 축구도 잘해 뉴욕에 장학생으로 보냈더니 괴짜 친구들과 어울리며 축구도 그만두고, 학교도 그만두고, 온갖 기행을 일삼으며 가끔 고향으로 돌아오는 그런 아들이었다. 아마 당시의 케루악은 이 무명작가 생활이 오래갈 거라고 생각지는 않은 것 같다. 그는 자존감이 높은 사람이었고, 꿈을 조금 높게 잡아 셰익스피어 같은 위대한 작가가 될 꿈을 품었다. 그는 무명이지만 빛나는 이 문학도들 앞에 자신의 '부패한 시대'와는 다른 생기 있고, 활력이 넘치는 문학과 모험과 명성이 펼쳐지리라 생각했다.

그러나 그렇게 되기까지는 꽤 많은 시간이 필요했다. 현실의 케루악은 친구인 루시엔 카의 살인사건에 연루되어 감옥에 가게 되었고, 범죄자가 된 아들에 실망해 보석금을 내주지 않는 아버지 때문에 여자 친구와 급히 결혼을 해 보석금을 내고 출소하게 된다. 게다가 그 아버지가 암으로 곧 사망하자 그는

: 케루악에 대한 옹호를 자제하고, '…… 했다고 한다'도 걷어낼 것. '그의 책을 읽어보지 않은'같은 표현도 줄일 것.

원고묶음 6

* 이후의 원고들은 편집자 역시 모르는 원고들, 출간이 무
  산된 뒤에도 저자가 써 나간 원고들이다.

151024

미래가 불투명한 이 프로젝트에 어울릴 제목 하나를 찾아
냈다. 〈잭 케루악, 문체의 발명가〉. 루이 페르디낭 셀린의 『Y
교수와의 대담』을 읽다 떠오른 것이다. Y교수는 자신이 결
코 세상에 '메시지'를 전하지 않으며 감정을 전하는 문체, 기
법을 발명했을 뿐이라고 설명하고 있다. 동시에 그 발명이
토글 단추나 자전거용 2단 기어처럼 사소하지만 실용적인
것이라고 주장한다. 겸손하되 엄연히 자신이 평가받을 분야
는 다른 쪽(새로운 문체)이라고 선을 긋는 태도.

151024

케루악은 「셀린에 대하여(1964)」라는 칼럼에서 자기만큼이나 진가를 오해받은 이 프랑스 작가를 옹호한 적이 있다. 셀린이 카뮈(케루악의 시대에 노벨상 수상 작가였던)보다 위대하며 라블레와 위고의 전통을 잇는다고 평가하고 있는데, 셀린의 소설을 읽어보면 그가 누구보다 연민 어린 작가라는 걸 알 수 있다는 다소 주관적인 언급도 있다. 이건 셀린이 '반유대주의'와 '나치 협조' 혐의를 받았던 경력을 의식한 언급인 듯하다.

케루악은 정치 쪽에는 꽤 무심했던 작가라 이 부분은 좀 논쟁적일 것 같다. 심지어 이 칼럼은 '내게 정치는 없고, 심지어 투표조차 안 한다'라는 도발적 문구로 끝난다. 그런 말을 갑자기 왜? 케루악의 '정치 냉소적'인 성향에 대해 따로 정리해보기로.

151025

앞글의 칼럼에서 케루악이 들었던 논거를 옮겨두자면, 윌리엄 블레이크가 양에 대해 쓰고 있던 1822년에도 터키에 위기가 있었지만 오늘날 세상은 그보다 양을 기억한다고 쓰고 있다. 아마 그리스가 독립을 위해 터키와 전쟁을 벌이던 때를 말하는 듯하다. 이건 묘하게 자신이 정치에 무지하지 않다는 것과 예술의 우위를 동시에 보여주는 것인데…… 한편으로는 케루악이 정치 얘기를 할 때 19세기 사람인 윌리엄 블레이크를 예로 들 정도로 조금 딴 세상에 가 있었다는 걸 드러내기도 한다. 하긴, 케루악은 자신의 작가로서의 위상을 상상할 때 한 세대 위인 헤밍웨이나 피츠제럴드가 아니라 셰익스피어를 떠올리던 사람이다.

151025

1960년대 중반 앨런 긴즈버그와 게리 스나이더 등 친구들이 점차 유명해져 반전운동에 뛰어들고, 히피세대와 어울릴 때 케루악은 시큰둥해했다. 긴즈버그와 닐 캐시디가 『뻐꾸기둥지 위로 날아간 새』의 작가 켄 키지와 함께 전국에 LSD를 홍보하다 들렀을 때에도 케루악은 그들이 성조기를 두르고 있는 걸 몹시 민망해하며 국기를 차곡차곡 접어두었다고 한다. 그에게 미국은 이주민이었던 자신의 가문을 받아준 고마운 나라였다.

한 마디로 '케루악 → 히피의 왕 → 문화혁명 → 진보적일 거라는 기대'는 너무 피상적인 접근이다. 인생은 그렇게 단순하지가 않다.

151027

방대한 자료에 관심을 두다 보면 케루악의 문장들이나 성실히 군말 없이 번역하고 싶다는 충동이 든다. 자료들을 잔뜩 언급한다 해도 작가에 대한 섣부른 소개는 두 가지를 강화할 뿐이다. 근거 없는 환상과 근거 없는 실망. 게다가 말 많은 것은 내 취향이 아니다(그러나 솔직히 너무 많은 말을 하고 있다).

151027

케루악의 생애와 당시 주요사건들을 비교, 정리하는 연표 작성 중.

한 가지 예를 들자면, 『길 위에서』가 출간된 1957년의 상황들 : 중공과 소련이 사회주의 국가의 단결을 강조. 영국이 첫 수소폭탄 실험에 성공. 소련이 스푸트니크 1호 발사에 성공. 소련이 사회주의 12개국 공동선언 발표.

151028

'비트 세대'는 우리에게 문화적으로 친숙한 두 세대의 중간에 묻혀 있다. 2차 대전기 유럽의 전장을 누비던 헤밍웨이 세대와 꽃을 달고 시위하던 60년대의 히피세대. 비트 세대는 전쟁이 막 끝난 국내를 누비며 미국이 잃어버렸던 활기를 되찾아 새로 피어날 거라고 믿었다. 케루악의 표현대로 하면 '마천루가 가득한 미국이 아닌 신비주의와 흑인들의 아메리카'. 그러나 60년대의 케루악은 자기가 한 일들이 '애송이들이 판치는 결과'만을 낳았다고 생각했던 것 같다.

151030

가끔 『길 위에서』에 대한 국내 반응을 찾아보면, 이런 글이 상당수이다. '나도 한때 젊은 치기가 있었고 이 소설이 뭔 말을 하려는지 알겠는데, 솔직히 이제는 큰 감흥이 없다. 그런 것은 넘어온 지 오래다.'

감상이야 뭐 자유겠지만, 나는 이런 글에서 『길 위에서』의 여러 측면 중 결국 무엇만이 전달되었는지를 확인한다. '청춘'과 '일탈'. 『길 위에서』는 (물론 결과적으로 그렇게 된 면이 있지만) '청춘의 일탈'을 부추기려고 쓴 것이 아니다. 여행과 대소

동은 그저 케루악에게 일어났던 일이었고, 그는 거기에서 느꼈던 50년대의 무의식(여전히 광활한 미지의 땅과 지적이면서도 방황하는 무리들, 허무주의와 속물근성을 뛰어넘은 새로운 감수성과 에너지)을 포착하려 했던 것이다. '닐 캐시디'라는 괴짜를 통해 자신을 찾아온 아메리카. 전쟁 중에 죽은 줄만 알았던 아메리카. 『코디의 비전들』에서 캐시디의 말투와 몸짓을 그렇게 많은 분량으로 묘사한 건 그래서이다.

151104
『길 위에서 - 오리지널 스크롤』

이 책을 보면 케루악의 '초고'가 그대로 나올 수 없었던 것이 단순히 줄 바꿈이 안 되어 있어 그랬던 건 아니라는 것을 알 수 있다. 두 번째 페이지에 이미 'fucking'이 나오는데, 1957년 판 『길 위에서』에는 그 문장이 통째로 생략되어 있다.

미래의 문학은 이미 습작노트 안에 있다는 말이 이런 것인가 보다. 당대의 예술은 언제나 오래오래 머뭇거리다 누군가 하나가 뛰어나가면 그제야 우르르 달려 나간다.

151105

『빅서』에는 한 무리의 친구들이 입원 중인 친구의 병문안을 갔다가 헤어지는 장면이 나온다. 다들 주차장으로 가는 동안 화자는 몇 번 더 뒤를 돌아보며 병상에 두고 온 친구에게 손을 흔드는데, 이내 인사가 장난으로 번져 서로 여러 가지 숨바꼭질을 하며 오래오래 인사를 나눈다. 이 숨바꼭질 인사 하나만으로 가득 찬 페이지는, 내가 정말 좋아하는 페이지다. 언젠가 꼭 맛깔스럽게 옮겨보고 싶다. 자세히 보면 모두 평이한 문장들이라, 섣불리 옮기면 아무것도 아닐 수 있어 더 신중해야 한다.

이런 아련하고 천진난만한 인사는 『길 위에서』에도 몇 번 나온다. 놀이터의 어린이들이 그만 아쉽게 헤어지며 나누는 그런 길고 긴 인사.

151105

『빅서』 앞부분에는 『길 위에서』로 성공한 스타 작가의 몇 년간이 잘 묘사되어 있다. 끝없는 전화와 전보에다 10대 팬들이 집 울타리를 넘어오고, 친구들은 일 좀 그만하고 놀자며 불러댄다. '비트 파티'를 열 계획이라는 한 여성은 자기가

아는 케루악은 분명 수염을 길렀다며 그가 어디 있는지 알려
줄 수 있냐고 '케루악에게' 물었고, 술 취한 방문객들이 집에
쳐들어와 책과 연필까지 훔쳐갔다고 한다.

　그는 결국 도피를 결심하고 샌프란시스코의 친구에게 조
용히 숨어 지낼 만한 오두막 한 채를 빌리는데, 가명까지 써
가며 그곳에 도착했건만 첫날 술에 취해 친구들 앞에 나타나
게 된다. 해변의 오두막에 머물며 내내 알코올 금단증상에
시달리는 것이 『빅서』의 내용이다. 소설 속에서 오두막을 빌
려주는 친구 로렌초가 바로 시인이자 서점 '시티라이츠'의
설립자 로렌스 펄링게티다. 찾아보니 아직 101세로 생존해
있어 깜짝 놀랐다. 재미있는 건 그의 아들 이름이 로렌초라
는 것이다.

　151107
　가끔 버스 같은 곳에서 그런 생각을 할 때가 있다. 누군가
케루악을 왜 좋아하게 되었느냐고 묻는다면, 케루악을 꼭 그
렇게 좋아하는 것은 아니고 그저 자세히 들여다보게 된 첫
작가일 뿐이라고, 이왕 알게 된 것 한번 제대로 알아두려는
것뿐이라고 대답하자고. 대체 그런 생각은 왜 하는 것일까?

151107

『빅서』를 번역하게 된다면 아마 가장 곤란한 부분은 끝부분에 실려 있는 「바다」라는 긴 시일 것이다. 이 시에는 파도소리를 묘사한 여러 가지 의성어(작가가 직접 만들어낸)가 섞여 있는데, 쉽게 말해 그걸 '철썩철썩' 정도로 옮기면 너무 우스워진다.

몇 년 전 동해안에서 케루악 생각을 하며 바닷소리에 잠깐 귀를 기울여본 적이 있다. 언제 다시 한번 진득이 시도할 일이 있으면 내 나름의 창의적인 의성어를 여러 개 적어와 활용해보는 것도 좋을 것 같다.

케루악은 비 오는 밤바다의 소리를 받아 적겠다는 아이디어를 실현하기 위해 판초 우비와 비닐 주머니(노트가 젖지 않도록 손까지 넣어 글씨를 쓸 수 있는 도구)을 준비했었다. 그렇게 1960년 해변에서 시 「바다」를 썼다.

151108

오래전, 문화·인문관련 출판사를 시작했다는 어떤 사람에게 케루악 번역에 대한 얘기를 했더니(물론 내 친구가 먼저 말을 꺼내어 엉겁결에 털어놓게 된 것이다) '아, 잘은 모르지만 아마 음악적인 문학인가 보네요. 어렵겠네요.'라고 했다. 그는 케루악을 몰랐지만 적절히 이해하고 있었다.

151109

『길 위에서 : 오리지널 스크롤』의 첫 줄은 주인공이 딘 모리어티를 만난 시점이 '아내와의 결혼생활이 끝난 뒤'가 아니라 원래 '아버지가 돌아가신 뒤'였다는 것을 보여준다. 이 살짝 다른 설정은 간단해 보이지만 정신분석학적으로는 전혀 다른 것이다. 초고의 경우 파란만장한 모험이 아버지의 부재에서 시작되지만, 출간본에서는 이혼남의 지리멸렬함에서 시작되기 때문이다.

어쨌든 그 무의식만은 독자에게 그대로 전해졌던 것인지, 『길 위에서』를 처음 읽은 세대는 '아버지 없는 세대에게 살아갈 방향을 알려주는 느낌'을 받았었다고 한다(가령 밥 딜런도 당시 그런 청소년 중 한 명이었다). 나 또한, 어쩌면 내가 케루악에 흥미를 갖게 된 것이 청소년기에 아버지의 죽음을 겪은 공통점 때문인지도 모른다고 느낀 적이 있다.

151109

정신분석을 제대로 공부한 적이 없어 자세히 분석할 수 없는 게 아쉽지만, 케루악은 반항기에 겪게 된 아버지의 죽음(그는 친구의 살인 사건에 '증거 인멸'로 연루되어 수감됨으로써 아버지에게 실망감을 안겼고 아버지는 보석금 내주기를 거부했다. 출소한 지 1년 후 아버지가 암으로 사망)으로 죄책감과 함께 2가지 책임감을 떠안게 된다. 즉, 유언대로 어머니를 잘 보살펴야 한다는 것과 훌륭한 예술작품을 쓰는 것으로 속죄해야 한다는 다소 엉뚱한 사명감. 게다가 이미 집안에서 케루악은 요절한 형 제러드의 역할을 떠맡은 아이이기도 했다.

그가 삶의 연대기라는 방대하고 무모한 작업에 열정을 쏟았던 것, 어머니를 보살피려다 결국 먼저 사망한 것, 결혼과 연애에 실패하고 매번 어머니 집으로 돌아갔던 것, 자기 앞에 나타난 닐 캐시디(잃어버렸던 형제)에게 매혹되어 훌쩍 모험을 떠났던 것에는 분명 연결점들이 있다. 청소년기에 일어난 사건을 성숙하지 못한 방식으로 해결하려 했던 한 영혼의 모습이랄까.

만일 그렇다면 나의 속죄는 뭘까? 언젠가 이 무모한 케루악 번역을 완수하는 것? 그렇게 생각하니 너무 싫다.

151113

어떤 번역을 보고 '나라면 이렇게 했겠다!' 하며 분개하는 것은 사실 너무나 흔하고도 얄팍한 일이다. 많은 독자들이 번역가의 오역이나 실수를 찾아내 비웃지만, 미흡하고 어색한 한 구절을 '너 잘 만났다'는 듯 집중 공격해대는 것은 책한 권을 매끈한 톤으로 옮기는 업무에 비하면 너무나 쉬운 일이다. 만일 그 독자가 직접 번역을 해본다면(그럴 일은 거의 없겠지만) 자신이야말로 문제없을 거라며 덤빈 '상대'가 얼마나 모호하고 혼돈에 가까운지 깨달을 것이다. 그리고 허망함을 느낄 것이다. 아마 그 또한 열심히 싸우고도 하나의 치명상(또 다른 독자의 공격 거리)을 피할 수는 없지 않을까.

요즘 내가 허무함을 느끼는 것은 예전에 비웃었던 번역서들이 나름 괜찮아 보일 때이다. 그때 내 의기양양한 비웃음의 기반이 되었던 앎이란 무엇이었단 말인가.

151114

『다르마 행려』 출간기념회에 갈까 고민 중이라 그런지 꿈에 김목인 씨가 나왔다. 책방을 하고 있었는데, 자신은 '얼떨결에 번역 일을 맡게 된 것처럼 사람들에게 얘기해왔지만 사

실 오랫동안 집요하게 번역을 준비해왔다'고 했다. 그러면
서 LP와 중고책이 진열된 서가에서 처음 보는 책 한 권을 꺼
내어 건네주었다. 그건 케루악의 저서목록에 빠져 있다 최근
발굴된 것으로 『길 위에서』보다 훨씬 중요한 작품이라고 했
다. 그 파란색 표지를 펼치고 신이 나 첫 페이지를 읽던 게 지
금도 생생하지만, 깨어 보니 그런 책은 없었다.

151115
'케루악이 언급된 국내출판물' 목록에 추가

·

『문학의 맛, 소설 속 요리들』 : 『길 위에서』의 애플파이 등장
『미국을 만든 책 25』 : 『길 위에서』에 대한 훌륭한 리뷰
『알코올과 예술가』
『인생이 즐겁지 않다면 한산을 만나라』 : 『다르마 행려』를
언급한 자기계발서
『작가란 무엇인가 3』 : 1968년 《파리리뷰》 인터뷰. 사망 1
년 전.
『클라시커 50 '현대소설' 편』
『톰 웨이츠(고독을 탐닉한 목소리)』 : 톰 웨이츠가 케루악의 팬

『저스트 키즈』: 저자(패티 스미스)가 케루악의 팬

『스푸트니크의 연인』: 스푸트니크와 비트니크에 대해 혼동하는 대화. 14p.

『그렇게 한 편의 소설이 되었다』: 『길 위에서』 집필과정 에피소드.

『존 프리먼의 소설가를 읽는 방법』: 케루악의 지인이었던 '로렌스 펄링게티' 챕터.

151115

케루악처럼 자전 소설을 많이 남긴 작가의 작품목록은 3가지로 정렬할 수 있다.

1. 출간년도 순

2. 집필년도 순

3. 작가의 인생에서 그 일이 일어났던 순서

151116

앞선 목록에 추가

『미친 사랑의 서』: 케루악의 연애 문제

『소설을 쓰고 싶다면』: 케루악의 예비학교 후배였던 제임스 설터가 케루악의 첫 출간 작『마을과 도시』를 서점에서 보고 질투했던 기억

『느리게 배우는 사람』: 저자 토머스 핀천이 '비트문학'에게 받은 영향 언급(서문)

『작가의 붓』: 케루악이 만년에 그린 그림들

『플래시백』: 티모시 리어리가 케루악을 방문해 LSD를 체험시켰던 에피소드.

음악 추가

〈10,000 Maniacs - Hey Jack Kerouac〉

〈Bob Dylan - Subterranean Homesick Blues〉

151116

많이 언급되고 인용되지만 좀처럼 정면으로 소개되지는 않는……

151117

긴즈버그는 케루악의 절친 중 한 명이었고, 수완이 좋아 무

명인 친구들의 문학 에이전트 역할을 하기도 했다. 또 케루악이 자신이 만든 장난스런 신조어의 비밀을 편지로 들려주기도 했던 동료이다. 긴즈버그의 평전에 너무 많은 것들이 있겠지만 말 그대로 '너무 많다!'

151119

닐 캐시디의 전설적인 편지가 작년에 발견된 것을 몰랐다. 『길 위에서』의 문체에 영감을 주었지만 실수로 분실되었던 그 편지. 《파리 리뷰》와의 인터뷰에서 케루악은 긴즈버그가 이 편지를 캘리포니아의 선상 가옥에 사는 '거드 스턴'이라는 친구에게 빌려주었다가 잃어버렸다고 그 경솔함에 투덜대고 있다. 그러나 이번에 밝혀진 바로는 긴즈버그가 편지를 보낸 곳은 친구가 아니라 '골든 구스'라는 출판사였다는 것, 원고는 출판사가 문을 닫을 때까지 개봉도 안 된 채 방치되어 있다가 결국 함께 사무실을 쓰던 음반사의 짐에 딸려갔었다고 한다. 그 음반사 사장의 딸이 이번에 고인이 된 부친의 짐에서 이 편지를 발견하고 그것이 무엇인지 알아보았다는 것.

케루악은 이 편지가 허먼 멜빌이나 마크 트웨인도 무덤에서 일어나 한탄할 만한 작품이라고 칭송했다.

151119

《파리 리뷰》인터뷰에서 케루악은 자신이 '편집'을 거부했던 이유가 작가가 무언가를 보았을 때의 느낌 그대로를 독자에게 경험시켜주기 위해서였다고 했다. 얼마나 급진적인가. 지금도 이렇게 나오는 책은 없다. (내가 지금 이 글을 편집 없이 그대로 낸다고 생각해보라) 그러나 케루악은 뛰어난 문장으로 또 다른 방식의 가능성을 보여주었다. 그러나⋯⋯

케루악이 보여주었던 본보기에도 여전히 사람들은 그의 시도를 비웃는다. 사람들은 그가 집필 과정의 순서를 바꿨을 뿐이라는 것을 모른다. 말하자면 그는 무수히 퇴고한 뒤에 초고를 썼던 것이다. 그는 여행 중에도 계속 메모하고, 습관적으로 단어를 되뇌었던 사람이다. 그는 언제나 말놀이를 즐겼고, 자신의 두뇌가 리듬에 맞춰 유창한 어휘들을 산출하도록 운동선수처럼 단련했다. 게다가 그는 실제로 운동선수 출신이었다.

151124

영화 〈패터슨〉과 비트 — 영화감독 짐 자무쉬의 젊은 시절 꿈이 비트 시인이 되는 것이었다고 한다(70년대의 시점에 '비트 시인'이 되려고 했다니 역시 젊은 시절의 꿈답다).

그의 영화 〈패터슨〉에 나오는 시 대부분을 쓴 시인 '론 패짓'은 젊은 시절 케루악에게 잡지 창간을 위해 시를 청탁했던 인물로, 창간 후 케루악은 그에게 시 한 편을 더 보냈는데 이미 창간을 했다는 이유로 거절하더라고 비난하고 있다(역시 《파리 리뷰》 인터뷰에서).

영화 속에서 패터슨이 읽는 책 대부분이 케루악과 직간접적인 연관이 있다. 머리맡에 둔 『모비딕』의 저자 '멜빌'은 비트 세대의 존경을 받던 거장이고, 윌리엄 카를로스 윌리엄스도 비트 세대가 좋게 생각했던 선배 시인이었다. 또 앨런 긴즈버그의 실제 멘토이기도 했다.

패터슨이 버스에서 읽던 『런치 포엠』을 쓴 프랭크 오하라도 '뉴욕파'로 분류되지만 실제 비트 작가들과 친했다. 그 시집을 펴낸 곳도 케루악이 드나들던 시티라이츠 서점이다(반면 시티라이츠는 케루악의 시를 펴내는 것은 거절했다).

시에 애정을 가졌고 꽤 많은 시를 쓴 케루악이지만 그가 '시'로 무시를 당하는 장면은 여러 작품에 나온다. 가령 『다르마 행려』에서는 시인 친구들의 대화에 끼어들다 무시를 당하자 주인공이 '내가 너희 합친 것보다 더 많은 시인을 알고 있어!'라고 반박하는 장면이 나온다.

151124

이 모든 세부 정보를 언제든 튀어나오도록 흡수해놓고, 케루악처럼 날을 잡아 한 방에 써버린다면, 과연 좋을까?

151126

가끔, 너무 좋아했던 것이 징글징글해질 때가 있다.

151128

출간이 무산 된 것. 차라리 잘 된 것인지 모른다. 언젠가 번역에도 도움이 될지 모르니 계속 적어나갈 것.

151130

케루악은 '마냥 감정적인' 사람인 것처럼 소개되지만, 사실 아이디어맨이었다. 그는 문체에 영향을 주는 요소들을 연구했고, 책을 효과적으로 쓰기 위해 다양한 방식들을 고안해냈다. 타자용지를 길게 이어 붙였고, 화장실에 앉아 연필로도 써보았고, 비 오는 해변에서 쓰려고 방수용 키트를 만들기도 했다. 일어나자마자 꿈을 적었고, 주머니에 맞는 스프링 노트들을 활용하거나 노트 크기로 시의 길이를 제한해보기도 했다. 또 생생한 대화를 포착하려고 카세트테이프를 활용하기도 했다.

그가 좀 더 뒤에 태어나 워드 프로세서를 사용했다면 어떤 일이 일어났을지 궁금하다. 워드 프로세서야말로 이어 붙인 타자용지 아닐까?

궁리하고 메모하는 케루악, 작업하는 케루악이 좀 더 조명되어야 한다.

151201

중고책방에서 마약에 대한 책 한 권을 샀다. 계산하는데, 얼굴이 괜히 화끈거렸다. 제목은 『마약 사용설명서』. 50년대에는 작가들이 사용한 각성제가 우리가 생각하는 것보다 구하기 쉬운 것이었다는 것, 미국도 그 이후에야 단속이 강화되었다는 것, 벤제드린을 커피에 어떻게 타 마셨는지 등이 나온다. 주석을 달 때 유용할 듯. 책 제목은 저자가 유머를 담아 지은 것인데, 너무 노골적으로 보여 뒤집어 꽂아두었다.

151203

김목인 씨의 북토크 — 결국 다녀왔다. 번역가의 북토크는 아마 출판사 마케터의 아이디어였던 것 같은데, 예상대로 기타를 가져와 노래를 2곡 정도 부르고 시작했다. 노래들이 케루악과 무관한 데다 저자가 아닌 역자로서 북토크를 한다는 점에 꽤 머쓱해하는 것 같았고, 주로 케루악에 대한 소개와 책의 번역 과정에 대해 얘기했다.

그는 비트 문학에 관심을 가진 사람이 자신 말고도 많을 텐데 자신은 출판사의 제안이 먼저 있어 운이 좋았던 것 같다고 겸손하게 말했다. 물론 운이 좋은 것은 사실이지만, 잘한 선택이라고 생각했다. 어차피 비트 문학에 관심 있는 사람은 별로 없고, 있어 봤자 한 줌이다. 제안이 있을 때 해버리는 게 최선인 것이다!

나는 뒤쪽에 앉았는데, 질문 시간에 무수히 망설이다 질문 하나를 했다. 잭 케루악의 책이 또 한 권 나온다면 어떤 책을 소개하고 싶으냐고. 그가 『빅서』라고 했을 때 속으로 전율이 일었다. '저도 그렇게 생각합니다! 제 안목이 정확했군요!' 그러나 겉으로는 그런 제목의 책이 있느냐는 듯 끄덕이고 말았다. 심지어 제목을 받아 적는 척을 하기까지 했다. 부끄럽지만 이게 내 모습이다.

　끝나고 뭔가 더 물어보고 싶은 마음도 있었지만 싸인 줄도 길고 해 먼저 나왔다. 미리 사두었던 『다르마 행려』를 들고 가긴 했지만 애초에 서명까지 받을 생각은 아니었고. 그와 뭐라도 얘기를 나눴으면 좋은 일이 생겨났을지 모르지만 내가 뭐라도 옮기거나 쓴 뒤 만나는 것도 늦지 않으리라고 생각했다. 『다르마 행려』는 아직 제대로 읽지 못했다. 천천히 읽어야지.

　151204

　『길 위에서』에 이어 『다르마 행려』가 출간된 것이 어쩌면 다행이라는 생각도 든다. 내가 뭔가 옮기거나 쓴다면 아무것도 없는 상태에서 나오는 것보다는 나을 테니까. 내가 직접 했어야 한다는 생각은 역시 집착이었을지 모른다.

　151216

　『다르마 행려』의 판매지수를 간간히 엿보고 있는데 썩 올라갈 기미가 안 보인다. 그나마 케루악의 가장 대중적이었던 책 두 권이 이 정도라면 역시나 마음을 비워야 하는 것인가.

151216

왜 국내에서 케루악이 폭발적이지 않을까 생각해보았는데, 국내에서는 난해해도 어딘지 사색적인 느낌이 드는 책들, 시놉시스로 읽어도 흥미로울 만한 이야기가 잘 먹힌다는 생각이 든다. 케루악의 작품들을 시놉시스로 소개한다면? 너무나 싱거울 것이다.

151217

편집자가 했던 말 중 기억나는 것 하나. 내가 제일 처음 보냈던 원고(케루악을 흉내 냈던 그 서문)의 느낌이 왠지 가장 흥미진진했다는 생각도 해보았단다. 나 역시 그 아이디어에 공감이 가긴 했다. 케루악의 소개를 케루악의 문체를 흉내 내어 해보는 것. 그러나 그러려면 모든 것이 머릿속에 있어야 한다. 정보가 아닌 선명한 그림으로. 그 글이야, 내 이야기이기에 그렇게 쓸 수 있었다.

151218

케루악 인생의 묘한 궤적

2세. 7살 위의 형 제러드 사망

17세. 고교 미식축구 스타가 됨, 이듬해 체육특기 장학생으로 컬럼비아대 입학

19세. 경기 중 다리 부상

20세. 선수촌 이탈, 방랑의 시작

23세. 어린 시절의 절친 세바스천 샘파스 군복무중 전사 - 비트 세대 동료들 등장

25세. 아버지 사망 - 닐 캐서디 등장

36세. 『길 위에서』의 성공

37세. 첫 경제적 안정 - 닐 캐서디 수감(마리화나 소지죄).

43세. 누나 캐롤라인 사망

45세. 세바스천 샘파스의 누이와 결혼

47세. 닐 캐서디 멕시코에서 객사

48세. 어머니보다 먼저 사망

사랑하는 이들의 죽음과 새로운 이들의 등장. 새로이 꿈꾸었던 삶의 암울한 결말들. 어린 시절의 반복. 정신분석에 관심 있는 사람이라면 끄덕였을 만한 우연의 일치들.

151218

비트 세대 작가들은 일 안 하고 놀아도 되었던 부유한 국가의 백인 젊은이들이 아니었다. 이들은 대공황기와 2차대전기에 유년기를 보냈고, 정작 미국의 경제가 활기를 띨 때에는 무명의 예술가들이었다. 게다가 중년이 되도록 작품이 돈이 되지 않았기에 어디에 가든 끊임없이 일을 해야 했다. 이들의 눈에 60년대의 히피 세대가 집 나온 철없는 중산층 자녀들로 보였던 것도 어쩌면 당연하다.

비트 세대 작가들이 했던 일들 : 선원, 해충 구제업자, 벌목꾼, 복사 심부름, 시장조사원, 과일창고일, 접시닦이, 야간경비원, 국유림 산불감시원, 할리우드 시나리오 각색 등등.

특히 닐 캐서디는 빈민가의 부랑자 자녀였기에 어린 시절 아버지와 파리채 등을 팔아야 했고, 소년원 출소 이후에는 내내 일을 해야 했다. 그는 오랜 세월 철도 조차장의 제동수로 일했는데, 새로 연결 중인 화물열차에 달려가 올라탄 다음 화물칸을 순서에 맞게 뗐다 붙였다 하는 일이었다. 케루악 역시 닐의 소개로 30대 초반에 이 일을 했었다.

우리가 작품에서 보는 여행과 만남들은 대부분 생계를 무시한 삶이 아니었고, 이 '알바'를 끝내고 온 시간의 일들이었다.

편집자와 K 교수가 주고받은 메일

K 교수님께

오늘은 조금 의외의 소식이 있어 메일을 드립니다.

저자에게 연락이 왔습니다. 제가 보내드렸던 '케루악 원고'의 그 저자 분 말입니다. 사실 이렇게 금방 연락이 닿을 거라는 생각은 하지 못해서 저도 좀 당황했던 것 같습니다. 통화를 하던 중 원고를 교수님께 보여드린 이야기를 하고 말았습니다. 게다가 얼떨결에 교수님과 한 번 뵈면 좋겠다는 말씀까지 하고 말았고요(죄송합니다).

물론 저야, 두 분이 함께 뵙고 어떤 좋은 일이 생겨난다면 다행이라고 생각하지만 괜히 교수님께 부담을 드리는 것인가 싶기도 하고, 확실한 제안이 없는 상태에서 저자와 뵙는 것이 괜스레 걱정이 되기도 합니다. 또 한 번 괜한 희망을 드리는 것 아닌가 싶어서 말이죠.

물론 저자 분도 의례적인 얘기로 들으셨을 수 있을 겁니다. 교수님께서 혹시 부담스럽지 않으시다면 언제 한 번 자연스럽게 뵙는 자리를 마련해도 될까 싶습니다. 참, 교수님 소개를 간단히 드리니 이미 알고 계시더군요. 심지어 책도 한 권 읽은 적이 있다고 하시고요.

저자 분은 아마 지난 몇 년 다른 일을 하시느라 이 일은 잠시 접어두셨던 것 같습니다. 원고를 보여드린 것에 대해 특별히 기분 나빠하시지는 않으셨지만, 두 분 모두에게 제가 괜히 너무 앞서 나간 말을 꺼낸 것 같아 죄송할 따름입니다.

자세한 말씀은 화요일 회의 때 또 뵙고 설명 드리도록 하겠습니다.

주말 잘 보내시고 곧 뵙겠습니다!

편집자님께

연락이 되셨군요! 네, 저야 뭐, 뵙는 거라면, 좋지요! 좋아요. 같이 차라도 한 번 마시죠.

물론 제가 아직 우리 웹진의 구성을 확정한 것도 아니고, 다른 편집위원들 말씀도 들어봐야 해서요. 뵙고 이야기를 나누다 보면 좋은 아이디어가 생길지도 모르는 일이죠.

두 분이 약속을 잡게 된다면 미리 말씀해주세요. 저도 시간을 맞춰볼게요.

자, 그럼 화요일 회의 때 봅시다!

편집자와 K 교수의 대화

저자와 셋이 만나기로 한 날, 다른 용건으로 미리 만나고 있던 편집자와 K 교수

편집자 : 살짝 늦는다고 하셨는데, 금방 오실 것 같습니다. 그건 그렇고 교수님, 원고 말씀인데요…….

K 교수 : 무슨 원고요?

편집자 : 보여드렸던 원고들 말입니다. 제가 이메일을 뒤져 찾아냈다는 것만은 말씀하지 말아주십시오.

K 교수 : 네, 물론이죠. 여전히 봉투에 출력본을 넣어서 들고 다니더라고 말씀드리죠.

편집자 : 아, 교수님, 그것만은 제발.

K 교수 : (웃음) 그 원고 말인데요. 다른 편집위원들 의견도

들어봐야겠지만 저자의 의지가 있다면 한 번 적극 추천을 해 볼까 싶어요. 저희 웹진 방향과도 어느 정도 맞고요.

편집자 : 앗, 그게 가능할까요?

K 교수 : 물론 살짝 손은 봐야겠지만…… 가능한 한 분위기를 살려보는 거죠. 이 원고가 재미있는 건 케루악의 원문은 하나도 안 나오는데, 읽고 있으면 대체 케루악의 문장이 어떻기에 이러나 궁금해지게 만든다는 점이에요.

편집자 : 네, 그런 측면이 있긴 하죠……. 그나저나 저자 분께서 수정하실 의지가 있으실지 모르겠네요. 저는 솔직히 조금 걱정입니다. 다시 한 번 지키지 못할 약속을 드리는 건 아닌가 싶어서요. 저하고야 단 한 차례 출간이 무산된 것이지만 이미 전에도 그런 경험이 몇 번 있으셨으니까요.

K 교수 : 어차피 하나의 원고가 세상에 나오는 과정이 마냥 순조로울 수 있겠어요? 뭐, 배치를 잘 해서 제목을 '오리지널 스크롤'로 붙이는 방법도 있겠네요.

편집자 : 오리지널 스크롤요?

K 교수 : 네! 케루악의 오리지널 스크롤을 옹호했던 이의 오리지널 스크롤인 거죠.

편집자와 K 교수 : (웃음)

* 그때 카페 1층 입구에 저자가 나타난다. 그는 건물에 들어서기 전, 더 이상의 새로운 출간계획 같은 것은 신경 쓰지 말자며 다시 한번 마음을 비웠다. 또 몇 년 전 그랬듯이, 케루악은 세상의 수많은 작가 중 한 명이고, 케루악 번역 같은 것은 인생의 수많은 가치 있는 일들 중 하나일 뿐이라고 다시 한번 되뇌어 보았다.

　사실, 그는 그런 생각을 하고 있는 자신의 모습조차 우습다고 생각했다. 그저 평소처럼 오늘의 자리가 무엇을 위한 자리인지 전혀 모르고 왔다는 얼굴로, 저에게 무슨 용건이 있느냐는 얼굴로 등장하자고 마음먹고 계단을 올랐다.

　그러나 그가 계단을 올라 2층 문을 열고 들어섰을 때, K 교수는 무엇 때문이었는지, 그가 문제의 원고를 썼던 저자라는 것을 단박에 알아보았다. 그는 사진 속의 케루악과 닮지도 않았고 책 속에 파묻혀 있던 외골수로 보이지도 않았다. 그러나 그 평범한 인상 어딘가에는 여전히 보여주지 않은 많은 원고를 갖고 있는 사람, 많은 걸 알고 있지만 좀처럼 드러내지 않는 이의 느낌 같은 것이 있었다.

　K 교수는 편집자보다 먼저 자리에서 일어났다.

작가의 말

한 번쯤 내가 케루악을 번역하게 된 과정을 들어 본 이들이라면 이 이야기가 실화라고 생각할 것이다. 보통 이런 경우에는 '사실과 조금 다르다'고 말해보아야 별 소용이 없다. 그래서 왜 허구를 덧붙였는지 말하는 게 나을 것 같다. 이야기의 모델이 되었던 경험들이 사실 그다지 굉장한 사건이나 시련이 아니었기 때문이다. 어떤 일을 본격적으로 하기 전에 누구나 겪는 정도의 일들이었다. 그러나 당시의 내가 꽤 호들갑을 떨었던 것은 사실이다.

그러니까 이 이야기에서 가장 사실과 가까운 것이 있다면 바로 '호들갑스러운 감정'이다. 모든 허구는 그 감정을 잘 되살리기 위해 덧붙인 것이다. 이야기의 배경이나 설정, 사건들은 실제와 다르지만, 이 책에 나오는 강도의 감정이 분명 존재했었다고 말하고 싶다.

이 글은 가상의 잭 케루악 번역가·애호가에 대한 이야기
이지만 액자 형식 때문에 케루악에 대한 사실 정보가 많이
필요했다.

케루악의 삶과 작품에 대한 정보는 대부분 작가의 책들과
두 권의 평전(『Kerouac: A Biography』『Memory Babe : A Critical
Biography of Jack Kerouac』), 그 밖에 웹에서 조금만 찾으면 나
오는 것들을 참고한 것이다. 내가 직접 미국에 가서 취재한
정보가 섞여 있다면 모르겠지만, 대부분 이 자료를 읽고 알
게 된 것들이라 일일이 출처를 달지는 않았다.

열정을 드러낼 곳이 없는 시기에 가장 많은 열정을 품게 되
는 것이 인생의 아이러니이다.

이 책을 통해 아직 관심 분야에 데뷔하지 않은 이들, 자신의 성과를 확인받아본 적이 없는 이들의 열정을 다루어 보고 싶었다.

나 역시 이렇게 책을 쓸 기회가 없던 시절에는 정말이지 케루악에 대해 많은 것을 알고 있었다. 그러나 이 글을 쓸 때는 그 지식들을 기억하느라 힘들었다는 걸 고백한다. 아마 과거의 나라면 지금의 내가 그럴싸하게 써 둔 지식들에 코웃음을 쳤을 것이다.

2020년 9월, 김목인

지은이 **김목인**

1978년 충주에서 태어났다. 2004년 밴드 '캐비넷 싱얼롱즈'로 데뷔해 싱어송라이터로 활동 중이며, 2015년 잭 케루악의 『다르마 행려』를 옮기며 번역과 집필을 겸해오고 있다. 음반으로는 〈음악가 자신의 노래〉〈한 다발의 시선〉〈콜라보 씨의 일일〉, 번역서로는 『Howl : 울부짖음과 다른 시들』 『리얼리티 샌드위치』, 『한결같이 흘러가는 시간』 『고양이 책』 『강아지 책』 『지상에서 우리는 잠시 매혹적이다』, 저서로는 『직업으로서의 음악가』 『음악가 김목인의 걸어 다니는 수첩』 등이 있다.

재야 케루악 번역가 이야기

오리지널 스크롤

2020년 9월 30일 초판 1쇄 펴냄

지은이 김목인 | **펴낸이** 김재범 | **편집** 강민영 김지연
아트디렉터 다랑어스토리 | **관리** 홍희표 박수연 | **디자인** 다랑어스토리, 나루기획
인쇄·제본 AP프린팅 | **종이** 한솔PNS
펴낸곳 (주)아시아 | **출판등록** 2006년 1월 27일 | **등록번호** 제406-2006-000004호
전화 02-821-5055 | **팩스** 02-821-5057 | **이메일** bookasia@hanmail.net
주소 서울시 동작구 서달로 161-1 3층(흑석동 100-16)
홈페이지 www.bookasia.org | **페이스북** www.facebook.com/asiapublishers

ISBN 979-11-5662-503-2 (04810)
      979-11-5662-352-6 (set)

이 도서의 국립중앙도서관 출판시도서목록(CIP)은 서지정보유통지원시스템 홈페이지(http://seoji.nl.go.kr)와 국가자료공동목록시스템(http://www.nl.go.kr/kolisnet)에서 이용하실 수 있습니다.(CIP 제어번호: CIP2018003627)

* 값은 뒤표지에 표시되어 있습니다.